서른의 ___휴직

서른의 ___ 휴직

이지영 지음

서사원

。

지구 반대편에서
진짜 나를 마주하다.

o

있는 그대로 나 자신을.
진짜 원하는 나 자신을.

유난히도 바빴던 스물아홉 살의 12월.

송년의 밤이니 하는 행사들 속에서 이리저리 치이고 나서 정신을 차려보니 벌써 12월 31일이었다. 천천히 머릿속으로 올해를 그리고 나의 지난 이십 대를 정리하기도 부족했던 시간이었다. 나를 위한 시간이 아닌 직장에서 일로 보낸 시간이 억울해서 나는 그 길로 예정에 없던 어느 가수의 콘서트 장을 무작정 찾아갔다.

"지나간 것은 지나간 대로 의미가 있다는, 후회 없이 꿈을 꾸었다고 새로운 꿈을 꾸겠다고 말해요"라는 가사에 얼마나 서럽게 울었는지 모른다.

남들은 스물셋에 공무원 시험에 합격한 나에게 성공한 이십 대라고 했다. 시련도 있었고, 성취한 것도 있었고, 소소하게 행복했던 순간도 있었던 이십 대였지만, 왠지 모를 마음 한구석 억울함은 쉽사리 가라앉지 않았다.

매일 같이 적어 내려갔던 나의 일기장엔 지나간 시간에 대한 후회와 가보지 못한 길에 대한 아쉬움과 언젠가 이루고 싶은 미래에 대한 소망이 가득했다. 오롯이 나로서 살아본 시간보다는 집안의 가장으로서 살아내려고 애쓴 시간과 조직의 일원으로서 버텨온 시간만이 그저 똑같은 매일의 하루로 남아 있을 뿐이었다.

콘서트가 끝나고, 번화가의 어느 술집에 앉아 10년 지기 친구와 함께 술잔을 기울였다. 시계는 곧 새해를 알렸고, 우린 서른 살을 맞이했다. 친구가 나를 다독이며 이야기했다.

"아쉽지만 그래도 열심히 살았잖아. 서른 살엔 재미있게 사는 법을 배우자!"

그랬다. 서른 살엔 정말 나로서 재미있게 살아보기로 했다. 하고 싶었던 일을 해보기로 했고, 가보지 않은 길을 선택하기로 했다. 이기적이라 할지라도 오로지 나만 생각하기로 했다.

길면 길고 짧으면 짧았던 6개월의 시간.

서른 살의 어느 봄날, 지구 반대편에 남겨두고 온 나의 이야기를 다시 꺼내 보려고 한다.

차례

'언젠가'를 꿈꾸던 날들

장래희망
공무원

고등학교 1학년 때였을 것이다. 장래희망을 쓰라고 묻는 종이를 한참 동안 뚫어지게 쳐다보았다. 도저히 쓸 말이 없었다. 장래희망. 부모님은 늘 말씀하셨다. 공무원이 되면 안정적이고 노후까지 보장된다고. 그러니 커서 공무원이 되라고 하셨다. 그리고 경찰이었던 아빠를 보면서 나는 당연히 공무원이 되어야겠구나 생각하고 있었다.

하지만 결국 나는 그 종이에 공무원이라는 글자는 적지 못했고, "방향을 잃고 떠돌고 있는 바다 위 배 같다."라고 적었다. 지금 생각해도 왜 그렇게 적어냈는지는 모르겠다.

이쨌든 며칠 뒤 그 종이를 가지고 선생님께선 학생 한 명 한 명을 불러 상담하셨다. 내 차례가 되었을 때, 선생님은 한참을 웃으셨다. 다른 친구들이 써낸 종이에는 의사, 변호사, 교사 등 명확한 목표가 있었는데, 내가 적어낸 건 독특했다고. 그리고 "작가가 되는 건 어떠니, 이 문구 너무 문학적이잖아!" 하고 우스갯소리로 이야기하셨다. 나도 함께 웃었다. 작가는 무슨, 교과서에 실리는 대작을 집필한 작가들은 아무나 되나 하고 생각했다.

시간은 흘러 고등학교 3학년이 되어 수능시험을 봤다. 특별히 공부를 잘하지도 못하지도 않았던 나는, 친구들이 서울로 가지 못해 재수를 결심할 때 그냥 지방 국립대를 택했다. 하고 싶은 것도 없었고, 내가 잘 하는 것이 무엇인지도 몰랐다.

그저 막연하게 어릴 때부터 들어오던 공무원이 되어야겠지라고 생각했다. 공무원이 되려면 행정학을 꼭 전공해야 하는 줄 알았기 때문에 전공도 행정학을 선택했다. 지금 생각하면 적극적으로 정보를 찾지도 않았다. 내 인생이 걸린 중요한 선택이었는데 너무 무책임한 선택을 한 것이 아닌가 싶을 정도로 대학원서는 쉽게 쓰여졌다. 그렇게 대학생활이 시작되었다.

1학년 때는 남들처럼 여기저기 학과 행사에 따라다니고, 친구들과 몰려다니며 소개팅도 하고 그런 평범한 대학생으로 어쩌면 꿈꿨던 나름 낭만적인 대학생활을 했다. 그리고 1학년 4학기가 끝나갈 무렵, 문득 지금부터 공무원 시험 준비를 해야겠다는 생각이 들었다. 엄마가 나에게 늘 하시던 말씀이 '재수는 없다'와 '휴학은 없다'

였다. 그런 엄마의 세뇌교육 덕분에 졸업 전에 공무원 시험에 합격하려면 지금부터 준비해야 한다는 것이 나의 계산이었다. 일찍부터 공무원 시험을 준비하겠다는 말에 친구들은 걱정스런 눈빛으로 나를 바라보았다.

"나중에 후회 안 하겠어? 지금부터 시작하기엔 너무 이른 거 아니야? 무슨 이유로 그렇게 결심하게 된 거야?"

"그냥. 시간이 없는 것 같아. 졸업 전에 취직을 해야 하는데, 그 시험이 하루아침에 합격될 시험도 아니고, 지금부터 준비를 해야 마음이 편할 것 같아."

"그래. 네가 선택한 길이니까. 꼭 잘 되길 바랄게!"

마침 전공이 행정학과다 보니 공무원 시험을 준비하는 학생들을 위해 고시실이라는 공간과, 책값이며 동영상 강의비 등을 지원해주는 제도가 있었다. 나는 망설임 없이 그 고시실에 입실하기 위한 지원서를 제출했고, 들어와도 좋다는 허락과 함께 스물한 살의 공시생이 되었다.

매일 아침 해가 뜨기 전에 일어나 엄마가 차려 주시는 따뜻한 밥을 먹고 학교로 향했다. 학과 수업이 시작하기 전까지 수험서를 보고, 일과가 시작되면 학과 수업을 듣고, 공강 시간에도 어김없이 고시실로 돌아와 수험서를 펼쳤다. 일과가 끝나면 학생 식당에서 대충 저녁을 먹고 다시 책상에 앉아 수험서를 넘겼다. 그리고 해가 지고 깜깜한 밤이 되어서야 집으로 가는 버스에 몸을 실을 수 있었다.

버스에서 집으로 돌아가는 시간은 하루 중 내가 유일하게 숨을 쉴 수 있는 아무것도 생각하지 않을 수 있는 시간이었다. 멀미가 있어서 버스에서는 책을 볼 수 없었으니까. 그리고 잠깐 잠을 자고 다시 새벽이면 고시실로 향했다. 대학생이었지만 고등학교 때 수능을 준비하던 때와 다름없던 생활이었다. 한 번 두 번 친구들과의 약속을 거절하고 나니 자연스레 친구들과도 멀어지게 되었다.

봉사활동, 축제, 교환학생 프로그램, 학교 홍보대사 등 남들은 커리어를 위해서 활발하게 참여하던 프로그램에 참여할 수도 없었다. 공시생에게 그런 경력은 별로 쓸모가 없었고, 오로지 오지선다형 시험에서 일정 점수 이상을 얻는 게 필요했으니까. 그러려면 그 시간에 한번이라도 더 수험서를 넘겨보아야 했으니까.

잠도 사치, 여행도 사치, 카페도 사치, 고시실 바깥에서 보내는 모든 시간은 사치였고, 아무것도 하지 않아도 고시실에 있어야만 변명이라도 되는 것 같았다. 공부를 많이 하지 못한 날은 스스로 죄책감에 시달려야 했다.

공무원 시험에 실패할 경우를 대비해 학점 관리도 소홀히 할 수 없었다. 그래서 시험 기간이면 학과 시험 공부와 공무원 시험 공부를 동시에 병행해야 했다. 그땐 정말 미쳐버리는 줄 알았다. 지금 다시 하라고 하면 절대 못할 것 같다. 그 정도로 정말 치열하게 공부했고, 스스로도 내가 고등학교 때 이렇게 열심히 했다면 서울에 있는 대학을 가고도 남았을 거라고 자신했을 정도였다.

보통의 공시생들이 그렇듯, 1년에 국가직, 지방직, 서울시, 7급, 9급까지, 할 수 있는 모든 시험에 응시했고, 매번 낙방의 쓴맛을 보아야 했다. 평균 근처에라도 점수가 나왔다면 희망이라도 있었겠지만 좀처럼 점수도 오르지 않았다. 시험이 끝난 날이면 고시실에 있는 언니 오빠들과 둘러앉아 올해도 망했다며 서로 한탄을 쏟아냈다. 앞이 보이지 않는 캄캄한 미래에 어떻게든 희망을 품어보려고 노력했다.

　언젠가는… 언젠가는… 정말 언젠가는 우리도 합격의 기쁨을 누리는 날이 있을 거라고. 그날을 위해 포기해야 할 우리의 청춘이, 설레는 미래를 꿈꾸고, 여기저기 이것저것 도전해보면서 실패의 쓴맛도 보고, 성공의 성취감도 맛보고, 앞으로 인생을 위한 경험을 만들어야 할 빛나는 우리들의 이십 대가 안타깝고 서글펐지만 말이다.

　그렇게 아무런 성과 없이 공시생으로서 스물한 살의 일 년이 지나갔고, 대학교 3학년이 되었다. 그리고 그 해 5월, 내 인생에선 생각하지도 못했던 사건이 터지고 말았다. 남들 이야기라고만 생각했던 일이 우리 가족에게도 일어난 것이다.

아빠라고
부르지 않는
사람

　　하얀 와이셔츠에 선명하게 찍힌 입술 자
국. 그것이 사건의 시작이었을까? 아니다. 어쩌면 아주 오래 전부터
잘못되어 있었을 것이다. 아빠에게 다른 여자가 있었다. 그것도 나
와 동생이 아주 어릴 때부터. 어쩌면 엄마와 결혼하기 전부터일지
도. 그럼에도 불구하고 우리 엄마는 그 모진 세월을 자식을 위해서,
행여 자식이 나중에 취업할 때 서류에 부모가 없다는 소리를 들을
까 봐 참고 또 참고 사셨다. 그렇게 엄마의 노력들이 켜켜이 쌓인 시
간들이었는데 모든 것이 다 부질 없어졌다.
　아빠는 집을 나갔고, 아무것도 모르던 동생도 아빠를 따라 나갔
다. 집에는 엄마와 나 단둘이 남게 되었다. 아빠는 매일 같이 엄마에

게 전화해서 이혼을 요구했고 협박을 일삼았다. 엄마는 쉽게 이혼 서류에 도장을 찍어줄 수 없었다. 괘씸하기도 했고 나의 남은 1년 반 동안의 대학 등록금이라도 받아내려면 어떻게든 시간을 끌어야 했으니까.

당장 먹고 살아야 했던 엄마와 나였다. 갑자기 사회에 내던져진 가정주부가 할 수 있는 일은 그리 많지 않았다. 식당에 가서 서빙을 하거나 설거지를 하거나 그 정도가 최선이었다. 평생을 막내딸로 예쁨만 받고 손에 물 한 번 안 묻히고 곱게 자란 엄마였다. 그런 엄마가 식당 주방에서 그릇을 닦는 건 자존심도 상하는 일이었을 것이다. 하지만 자식을 위해서라면 어쩔 수 없었다.

나는 매일 같이 아빠에게 전화해 생활비를 요구해야만 했다. 문자로 전화로 서로에 대한 폭언은 계속되었고, 결국 "아빠라고 부르지도 마라."는 한마디와 함께 더 이상 아빠와 딸이 아닌 관계가 되었다.

이 지옥 같은 매일에서 하루라도 빨리 벗어나려면, 엄마의 짐을 덜어드릴 수 있는 건, 장학금을 타서 등록금을 해결하는 것과 공무원 시험에 합격하는 것 그것뿐이었다. 피 터지게 공부하는 것이 내가 할 수 있는 최선이었다. 그래서 합격이 더욱 간절해졌다.

그 일 년 반이라는 시간을 어떻게 보냈는지 모르겠다. 이제는 기억도 잘 나지 않지만, 너무 끔찍해서 기억조차 하기 싫은 것일 수도 있지만, 갑자기 내 인생에 닥친 가정의 파괴는 충격과 동시에 나를 독하게 만드는 계기가 되었다.

독하게 마음먹으니 못할 것이 없었다. 학과 전체 1등을 했고 덕분에 등록금 걱정을 덜 수 있었다. 그리고 스물세 살, 대학교 4학년 1학기를 마친 어느 여름 날. 공무원 시험 최종 합격 축하 문자를 받았다. 엄마와 부둥켜안고 그동안 참아왔던 눈물을 모두 쏟아냈다.

드디어 임용장을 받던 날, 꽃다발과 임용장을 안고 엄마와 집으로 돌아왔는데 등기서류가 도착해 있었다. 이혼 서류였고, 한쪽 칸에 그 사람의 이름 석 자가 들어간 도장이 찍혀 있었다. 임용식 날 받은 너무나도 기분 좋은 선물이 아닐 수 없었다.

"엄마, 도장 찍어. 나 합격했잖아. 우리 둘이서 어떻게든 살 수 있어. 내가 엄마 먹여 살릴 거야. 그만큼 참았으면 이제 됐어. 엄마는 할 만큼 다 한 거야."

한창 합의 이혼이 법원에서 진행되던 때였을 것이다. 그날도 나는 평소처럼 9급 공무원의 업무인 등초본과 인감증명서 발급에 한창이었다.

내 눈앞에 낯익은 사람이 앉았다. 일 년 반 만에 보는 얼굴이었다. 서로 놀랐지만 내색하지 않았다. 그는 아무렇지 않게 신분증을 내밀며 인감증명서 한 통 발급을 요구했다. 나는 신분증을 받아들곤 이미 외우고 있는 주민번호를 두드리며, 떨리는 손가락과 치밀어 오르는 감정을 누르려고 애를 썼다.

"600원입니다."

그리곤 그는 내 손에 육백 원을 쥐어주곤 차갑게 돌아섰다. 그게 내가 본 그의 마지막 모습이었다. 한때는 세상에서 가장 멋진 경찰이었고, 방학이면 전국 방방곡곡을 함께 여행하며 내 사진을 찍어 앨범으로 예쁘게 만들어주던 사람. 내가 중학교 3학년 때 전교 1등을 한 날, 세상에서 가장 자랑스러운 딸이라는 카드를 적어 건네던 사람. 어쩌면 여행과 사진을 좋아하는 지금의 나를 있게 했을 사람.

하지만 이제는 죽었다고 해도 찾지 않을, 내가 더 이상 아빠라고 부르지 않는 사람.

스물셋의
사회생활

취직을 하면 엄마와 사는 것이, 돈 때문에 하루하루 걱정하던 날들이 단숨에 좋아질 거라 생각했다. 하지만 그것은 착각이었다. 생각보다 턱없이 작았던 월급, 여전히 엄마는 식당에서 일을 했고 무거운 그릇을 옮기고 닦고 하시면서 소위 말하는 골병이 드셨다. 이젠 오른쪽으로 돌아눕는 것조차 힘드신 지경이 되었다.

언제까지 이렇게 하루 벌어 하루를 살아야 하는 건지. 이렇게 산다고 해서 의미가 있는 건지 정말 나중에 팔자를 펴는 날이 오는 건지. 엄마도 나도 먹고 사느라 인간관계는 단절되었고, 엄마와 나 둘만 사는데도 둘이서 얼굴을 마주하고 밥을 함께 먹는 시간이 손에 꼽힐 정도였다.

도저히 사람 사는 모습이 아니었다. 매일 밤 이불을 뒤집어쓰고 울지 않은 날이 없었다. 내가 울지 않는 날에는 옆방에서 들려오는 엄마의 한숨과 울음소리를 들어야만 했다. 어떤 날은 사는 게 너무 힘들어서 엄마가 유서를 쓰고 결단을 내리려는 걸 내가 엉엉 울면서 막은 적도 있었다. 엄마는 당신 하나만 없어지면 보험금이라도 타서 내가 앞으로 사는 데 지장 없을 거라고, 딸에게 힘든 짐을 준 게 너무 미안하다고 하셨다.

"엄마, 날 위해서라도 살아. 엄마가 없으면 나 혼자 어떻게 살아? 결혼을 해도 혼자 해야 하고, 초상을 당해도 혼자 앉아서 울고 있어야 하는데. 그러면 엄마는 마음 편하겠어? 그래도 내가 이렇게 취업 했으니 조금씩 나아질 거라고 생각하자. 내가 꼭 행복하게 해줄 테 니까. 힘내서 살아보자."

집안 가장으로서의 책임감도 쉬운 것은 아니었고, 오랜 기다림 끝에 얻은 직장도 그리 자랑스러운 것은 아니었다. 공무원이라는 직 장은 엄마에게나 자랑스러운 직업이었고, 소개팅에서나 대접 받는 것이었다.

아이러니하게도 요즘 젊은 사람들이 되고 싶은 직업 중에 하나가 공무원인데, 무조건 욕을 먹는 직업도 공무원이었다. 그래서 나 스스로도 이 조직 바깥의 사람을 만날 때면 직업을 이야기하는 것이 꺼려졌다. 그저 공무원이라는 이유만으로 스스로 움츠러들었다.

사회생활도 쉽지 않았다. 당시 응시한 시험에서 나는 최연소 합격자였고, 우리 구청에서도 최연소였던 내가 늘 받았던 질문은 '뭐하러 이렇게 일찍 공직에 들어왔냐'는 것이었다. '돈이 급해서요, 먹고 살아야 해서요.'라고 말할 수 없었다.

"너 진짜 돈 안 쓴다, 혼자 잘 버는 데 그 돈 다 모아서 뭐하려고 그러니?"라고 묻는 사람도 있었다. 초창기엔 월급 전액을 엄마에게 드렸다. 내가 쓸 수 있었던 용돈은 점심 밥값, 교통비를 빼고 나면 얼마 남지 않는 금액이었다. 사회생활을 하려면 화장품도 사야 하고, 옷도 사야 하고, 구두도 사야 했는데, 사고 싶은 것이 있을 때는 몇 달치 용돈을 모아서 샀고, 먹고 싶은 건 그냥 포기했다. 어쩔 땐 공무원 준비하면서 단절된 나의 인간관계가 다행이라는 생각을 해본 적도 있었다. 커피 한 잔도 사치였기에 누구를 만나는 약속조차도 쉬운 일이 아니었다.

과장 또는 국장이라는 높은 분들을 만나는 자리에선 "아버지는 뭐 하시니?"라는 단골 질문을 받아야 했다. 신규 때는 이런저런 간담회 자리가 많아서 참석할 때마다 받던 질문들이기도 했다. 그때마다 거짓말을 해야 했다. 아버지가 교수이거나 대단한 일을 하는 직원에겐 눈을 반짝이며 좀 더 깊은 질문을 던지는 그분들의 모습에서, 부모는 이혼했다는 말을 하는 순간 나는 이상한 사람이 되어버릴 것 같았고, 부모가 이혼했다는 이유로 나에게 빨간 딱지 하나가 붙어버릴 것만 같았으니까.

그래서일까? 사회생활을 하면 할수록 그 모든 역경을 딛고 오랜 수험 기간을 지나 어린 나이에 당당히 공무원에 합격을 이뤄낸 '나' 라는 존재에 대해서는 자랑스러웠지만, 부모의 이혼은 늘 약점으로 자리 잡았다. 친구, 동기는 물론 동료, 그 누구에게도 절대 말해서는 안 될 그런 비밀 같은 것이었다.

다른 기업에서는 일해보지 않아서 모르겠지만, 공무원 조직 최대의 화두는 승진과 정기인사일 것이다. 신규 직원 때부터 귀에 못이 박히도록 들은 말은 "너는 어린 나이에 들어왔으니까 나중에 4급까지 승진하고도 남을 거야, 동사무소에 있다가 나중에 구청에 처음으로 들어갈 땐 부서가 중요해. 힘 있는 부서, 아니면 이름난 부서에 가야 승진도 빠른 거야. 그래야 인정받는 거야. 어느 부서는 별 볼일 없는 부서이고, 어느 부서는 문제 있는 사람들만 가는 거야." 등이었다.

자연스레 나는 그것을 이 조직에서 말하는 사회생활로 받아들였다. 남들처럼 출세하거나 빨리 승진하기 위해 좋은 부서에 가보려고 열심히 앞만 보고 달렸다. 덕분에 좋지 않은 구설수에 여러 번 휘말리기도 했다.

능력 있는 직원이라 함은 정말 일 잘하는 직원도 있었지만, 보통은 술 잘 마시고 밤새도록 집에 가지 않고 상사의 옆을 지키며 비위를 잘 맞춰주어야 능력이 있는 직원이었다. 그렇게 그들만의 리그에 들어가야 서로 밀어주고 당겨주는 혜택을 조금이나마 누릴

수 있었다.

철밥통이라는 공무원 집단을 비유하는 단어처럼 한번 조직에 들어오게 되면 엄청난 비리를 저지르지 않는 이상, 내 발로 나가지 않는 이상 평생 같은 사람들을 보면서 일해야 하는 곳이다. 그래서 한번 소문이 잘못 나면 매장되기 십상이었다. 조금이라도 단체 행동에서 어긋나는 직원은 금방 소문의 주인공이 되었다.

그래도 평생 보는 사람들이라 제 식구를 감싸주는 것이 강한 경향도 있다. 하지만 큰일이 터지면 이야기는 달라졌다. 과장도 승진을 바라보고, 팀장도 승진을 바라보고 있기 때문에 도리에 맞지 않는 지시라도 말단 담당자는 일단은 어떻게든 맞게 만들어서 하게된다. 아닌 것을 아니라고 말하는 것이 힘든 조직이기에. 그러다가나중에 일이 잘못되어 법적으로 휘말릴 땐 모두 다 발을 빼고 모르쇠로 일관, 애꿏은 말단 담당자만 홀로 변호사를 선임하고 법정에서피 말리는 다툼을 하는 일이 종종 일어났다. 그런 일을 겪어본 상사가 내게 해준 말은 "믿었던 사람들에게서 당한 배신은 이루 말할 수없었다."였다.

그랬다. 내 주변 동료가 다 내 마음 같을 줄 알았는데, 그것은 큰착각이었고 바로 옆의 동료가 나에 대해 말도 안 되는 소문을 퍼트리고 다니는 것을 선배라서 지켜만 봐야 했고, 실시간 메신저로 전파되는 누군가의 소문들을 보면서 아무도 믿을 사람 없는 것이 사회생활이라는 걸 다시금 깨닫곤 했다. 나 스스로가 독한 사람이 되지 않으면, 나쁜 사람이 되지 않으면, 나를 만만하게 보고 이용하는 것이 사회생활이라는 걸 너무 일찍 깨달아버렸다.

엄마에게 회사 생활이 힘들다고 가끔은 투정도 부리고 싶었지만 엄마도 바깥에서 사람들에게 무시당한다거나 힘든 일도 많이 겪으실 텐데, 나까지 힘들다고 하면 속상하실 것 같아 늘 속으로 삭이곤 했다. 이런 사정을 터놓고 의논할 사람이 아무도 없다는 것이 참 쓸쓸했다. 하지만 결국 세상은 혼자 살아가는 것이다 위로하며 스스로를 다독였다.

너무 힘들 때는 긍정적인 이야기들로 가득한 자기계발서를 읽고, 먼 훗날 이루고 싶은 것들을, 잘 될 거라는 이야기들을 일기장에 적으며 그렇게 이를 악물고 하루하루를 버텨냈다. 그것이 나의 사회생활이었다.

나에게
여행

　　여기 치이고 저기 치이다 보니 어느새 3년
이라는 시간이 흘렀다. 사회생활을 하다 보면, 흔히들 3년마다 슬럼
프가 찾아온다고 말한다. 쉴 틈 없이 반복된 일상을 살던 나에게도
어김없이 슬럼프가 찾아왔다.

　　임용 이후 초반에는 영어학원도 다니고, 파워포인트며 엑셀이며
혼자 책을 사서 공부도 하고, 나름 자기계발에 힘을 쏟았다. 하지만
이내 다 부질없는 것임을 알게 되었다. 애당초 이 조직에서는 자기
계발이 필수도 아니며, 써먹을 곳도 없었다.

　　물론 공무원의 직렬도 다양하고, 국가직과 지방직이 하는 일도
많이 달라 일반화할 수 없지만, 적어도 내가 소속된 일반 행정직

8급, 9급 지방 공무원은 그저 법에 정해진 대로 컴퓨터로 버튼 몇 번 클릭하면 출력되는 민원서류만 잘 발급하면 되는 곳이었다. 그렇게 조직의 보통 직원들처럼 현실에 안주하는 사람이 되어갈 때쯤이었다. 일도 익숙해지니 슬슬 '내가 왜 이걸 하고 있지?'라는 생각이 들곤 했다. 내가 왜 공무원이 되고자 했는지 스스로에게 묻는 날도 부쩍 많아졌다.

앞으로 평생을 반복되는 일상 속에서 살아갈 것을 생각하니 가슴이 답답하고 숨이 막혔다. 가식과 경쟁, 근거 없는 소문으로 가득 찬 사회생활에도 회의감이 들기 시작했다.

엄마와 둘이서 살림을 꾸려나가는 것도 힘에 부쳤다. 월급이 들어오면 오롯이 나를 위해 써본 적이 없었다. 주변 언니들을 보면 결혼자금을 모아야 한다며 열심히 저축을 했다. 나도 그렇게 하지 않으면 뒤쳐지는 것 같아 월급의 절반 이상을 저축하고, 나머지는 생활비로 드렸는데, 그러고 나면 남는 것이 없었다.

그렇게 나를 위해서 사는 인생이 아닌, 누구를, 무엇을 위하여 사는 인생인지에 대해 전혀 의미를 찾지 못한 채 시간이 흘러갔다. 그러다 보니 몸도 자주 아프고, 알게 모르게 스트레스도 많이 쌓여갔다.

그러던 어느 날 가깝게 지내던 동료 언니들이 이탈리아 여행을 가자고 제안했다. 초등학생 때 〈호기심 천국〉이라는 프로그램에서 처음 본 이탈리아. 도시 전체가 유적인 이 나라는 다음에 어른이 되면 꼭 여행으로 가서 내 눈으로 직접 보고 오겠다는 자극을 주었던 곳이었다. 그 뒤로 줄곧 내 인생에서 꼭 가보고 싶은 나라로 손꼽던 나라가 바로 이탈리아였다.

소원하던 나라를 여행할 수 있는 기회가 왔지만, 경제적인 사정으로 쉽게 결정할 수 없었다. 저축은 하고 있었지만 그건 언제 올지 모르는 먼 미래, 남들이 말하는 그 결혼이라는 것을 위해 모으는 돈이고, 힘들게 모았던 돈이라 쉽게 깰 수 없었다. 하지만 결국 나는 일을 저질러 보기로 했다. 결과적으로 그 여행으로 인해 내 인생에 대한 가치관은 크게 변하기 시작했고, 나의 이십 대 중반은 모든 것이 여행을 중심으로 돌아가게 되었다. 예전에 돈이 없어서 사지 못하고 먹지 못했던 것들을 이제는 여행을 떠나기 위해 아끼고 또 아꼈고, 돈이 없어도 가야만 하는 것이, 나에겐 여행이 되었다.

여행은 그동안 내가 얼마나 우물 안 개구리였는지를 제대로 깨닫게 해주었다. 스물한 살부터 공무원 수험서만 보고, 일도, 만나는 사람들도 공무원 조직 안에 한정되어 있었으니 그야말로 완벽한 우물 안 개구리였다. 그랬던 내게 여행은 시야를 넓혀주는 아주 좋은 계기가 되었다. 가장 큰 깨달음은 돈은 있다가도 없는 것이라는 것과 남들처럼 결혼을 위해서, 막연한 미래를 위해서 돈을 모을 필요가 없다는 것을 알게 된 것이었다.

나는 확실하게 내가 결혼을 원하지 않는다는 것도 알게 되었다. 또한 불확실한 미래에 투자하기보다는 오늘 할 수 있는 것에, 떠날

수 있는 여행에 투자하는 것이 더 가치 있다는 것도. 그 이후부터 내 삶은 크게 변하기 시작했다. 나를 옭아매던 돈과 사회가 정해 놓은 인생의 순서에서 벗어난 순간부터 나는 자유로워졌다.

여행은 나에 대한 보상이기도 했다. 지난 날 이십 대에 공무원이 되기 위해, 가장이 되기 위해 진작 포기해야 했던 것들에 대한 보상 말이다.

그저 여행이 좋았다. 떠나기 전 머릿속으로 지구 반대편 어느 곳 에 서 있는 나를 상상했다. 아름다운 낯선 곳에서 찍는 인생 사진과 멋진 식당의 근사한 저녁 한 끼를. 그 상상이 현실이 되던 날, 실제 로 그렇게 이뤄지는 순간, 전율로 다가오는 온몸의 짜릿함은 말로 다 표현할 수 없었다.

인생은 내 마음대로 어찌할 수 없었지만, 여행에선 달랐다. 내 뜻 대로, 내가 생각한대로 만들어갈 수 있는 것이 여행이었고, 늘 반복 되는 일상과는 달리 생각하지도 못했던 우연의 순간을 만날 수 있 는 것도 여행이었다.

그렇게 혼자 홀쩍 떠나고, 돌아오는 비행기에서 다음 목적지를 정하고, 돌아와서 다시 떠날 준비를 했다. 일기장엔 내가 다녀온 나 라들에서 만든 나만의 추억들과 이십 대에 꼭 다녀오고 싶은 나라 들의 이름으로 채워졌다. 다녀온 나라의 이름이 하나둘 늘어날 때마 다 너무 뿌듯했다. 그런 성취감을 느껴본 적이 없었던 것 같다.

그리고 나조차도 몰랐던 나 자신을 하나둘 알게 되었다. 모험을 좋아하는 사람이라는 걸, 새로운 환경에 적응도 빠르고, 다른 문화에 관심이 많고, 일단 도전하고 본다는 것, 사소한 것에도 동기부여가 강하고, 안 하고 후회하는 것보다 하고 후회하는 걸 선호한다는 것도, 모르는 사람들과 대화를 하는 것, 처음 만난 사람들과 속 깊은 대화를 하는 것에도 거부감이 없고 오히려 즐긴다는 것도 알게 되었다.

세계지도만 봐도 가슴이 뛰었다. 내가 다녀온 나라 혹은 앞으로 가게 될 나라들이 TV에서 광고로 혹은 프로그램으로 잠깐만 노출되어도 마음은 흥분으로 요동쳤다. 한창 힘들 때 읽었던 자기계발서 대신 여행 에세이를 펼쳐보고, 설레는 구절은 다이어리에 옮겨 적으며 그 여운을 곱씹었다.

밤 비행기에서 바라본 수많은 별들과 어딘지 모를 지구 어딘가 도시의 수많은 불빛을, 잠결에 비행기에서 본 하늘 위 일출을 그리워했다.

스물여섯부터 시작된 여행은 일상을 버틸 수 있는 원동력이었고, 새로운 목표이자 내가 살아 있다고 느끼게 하는 그 무엇이었다.

하지만 여행이 거듭될수록, 나 자신을 들여다볼수록 내가 원했던 꿈이 공무원이었는지에 대해 심각하게 고민하게 되었다. 마음속 깊숙한 곳에서부터 느껴지는 공허함에 괴로워해야 했다.

그 공허함은 지난날 내가 포기해야 했던 꿈들이었고 후회였다. 이십 대에 포기해야 했던 수많은 것들 중 하나였던 영어 공부와 어학연수에 대한 갈망은 여행을 할수록 커져만 갔다. 결국 언제부터인가 나의 일기장엔 새로운 꿈이 적히기 시작했다. 삼십 대엔 지난 날 이루지 못했던 꿈을 이루러 떠나겠노라고.

그리하여 나는 그날을 위해서 학비를 모으기 시작했고, 출근 전 한 시간, 퇴근 후 두 시간, 주말 모두를 할애해 영어 공부를 했다.

모을 수 있는 자금 내에서 갈 수 있는 나라와 학교의 리스트를 뽑아보았고 잠정적으로 캐나다 밴쿠버의 어느 대학 부설 어학원으로 목표를 정하게 되었다. 그때까지만 해도 캐나다가 내 꿈의 무대가 될 것이라 생각했다. 적어도 런던을 만나기 전엔 말이다.

스물아홉에서
서른이
된다는 것

2016년에 들어서면서부터 또 다른 고민이 생겼다. 바로 올해가 이십 대 마지막이라는 사실이었다. 주변에서 그러더라. '스물아홉 살에서 서른 살로 넘어갈 때 너무 싫었다고. 반대로 스물아홉 살에서 서른 살이 될 때는 아무 생각이 없었는데, 마흔이 될 때 정말 죽겠더라고.'

내가 전자에 속하게 될 줄이야. 미치도록 싫었다. 서른 살이 된다는 것이. 정말로. 세상이 다 무너지는 것 같았다. 시간을 잡아보려고 애를 써봐도 손가락 사이로 하나둘 새어나가버렸다.

가장으로서 먹고살기 위해 앞만 보고 쉼 없이 달려온 덕분에 이제 엄마와 함께 먹고살만 해졌고, 더 이상 돈 문제로 크게 걱정하지 않게 되었다. 하지만 이제야 여행도 다니고 넓은 세상에 대해서 알아가는 중인데, 아직 하고 싶은 게 너무 많은데 곧 있으면 서른이라는 것이 믿기지 않았다.

돌이켜보니 나의 이십 대 전부가 공무원 조직에서 순식간에 지나가버렸고 남은 것은 아무것도 없었다. 특별한 기술을 배운 것도 아니었고, 엄청난 업무적 성과를 거둔 것도 아니었다. 매년 새로운 해는 시작되었지만, 이곳에서 그저 똑같은 일 년을 여섯 번째로 맞이하는 것과 다름없었다. 한마디로 허무했고 억울했다.

나이 먹는 것도 싫었고 직장생활 햇수로 7년 차였던 그때, 일을 계속해야 하나 말아야 하나, 나이 더 먹기 전에 정말 하고 싶은 일을 시작해야 하는 건지도 고민이었다. 더 답답한 것은 딱히 잘 할 줄 아는 것도 없고, 변화를 시도할 용기도 없다는 것이었다. 그저 시간이 흘러가는 걸 바라볼 수밖에 할 수 있는 일이 없다는 것이 나를 더 괴롭게 만들었다.

알 수 없는 초초함과 불안함이 나를 잠시도 가만두지 않았다. 십 대에도 겪지 않았던 사춘기를 지금 겪는 게 아닌가 할 정도로 생각이 많아지고 감정의 기복도 심해졌다.

그러던 어느 날 평소와 같던 점심시간이었다. 커피를 주문해놓고 상사, 동료들과 이런저런 이야기를 주고받다 우연히 대화가 나이 듦에 대한 것으로 흘러갔다. 그리고 상사로부터 뜻밖의 이야기를 들었다.

"나는 스물아홉에서 서른 살 넘어갈 때 좀 그렇더라. 마흔 살이될 때는 오히려 나이를 먹어간다는 게 좋았는데 그땐 왜 그랬는지모를 정도로 너무 싫더라. 지금 시대는 결혼도 늦어지고 혼자 사는사람들도 많아져서 서른 살이라고 하면 딱히 나이가 많다 늦었다라고 단정 짓기가 힘든데. 우리 시대는 이십 대 초반에서 후반이면 여자들은 거의 결혼해서 애 키우는 사람들이 대다수였지. 어느 정도물질적으로든 사회적으로든 기반을 닦아놓는 게 정상이라는 인식도 많았지. 근데 나는 그때 결혼할 마음이 없었으니까 결혼을 안 한게 비정상으로 보여서 내가 남들과 비교했을 때 뒤처지는 건가? 하는 생각도 들었고 딱히 기반을 만들어 놓은 것도 없어서 이대로 가면 망하는 건가 하는 생각도 했지. 그 찰나에 딱 직장생활 6년 슬럼프와 맞물린 거야. 3년마다 슬럼프 온다고 하잖아. 게다가 이십 대마지막이기도 했고, 이 직장을 그만두고 다른 곳으로 가야 하나, 혼자서 온갖 궁리를 다했지. 출근하는 것도 너무너무 싫었어."

나처럼 이십 대 초반에 공무원 생활을 시작하셔서 지금은 오십대에 들어선 나의 상사. 그녀의 이야기를 듣고 너무 놀라서 소름이돋을 정도였다. 그녀가 스물아홉 살에 했던 고민이 지금 나의 고민과 너무 똑같아서 말이다.

"그래서 어떻게 극복하신 거예요?"

"뭘 극복해. 그냥 시간이 가더라고. 아무 일도 없었어. 그냥 그렇게 쭉 가는 거야. 나뿐만 아니라 다 그렇게 살아. 지금은 오히려 나이 먹는 게 난 더 좋아. 그리고 그때랑 지금은 완전히 다른 시대야. 취업이 늦어지는데 무슨 기반을 쌓겠으며 가정을 꾸릴 능력이 생기겠니. 그리고 수명도 길어졌잖아. 이런 거 저런 거 생각하면 서른 살도 젊은 나이야. 나이 많은 사람 앞에서 약 올리면 안 된다."

이제는 흘러간 세월이라 웃으면서 이야기하는 그녀를 보면서, 과연 나의 미래도 그렇게 아무 일 없이 이 단조로운 삶이 그냥 쭉 이어지는 것일지, 그렇게 살다가 언젠가 내 삶을 뒤돌아보았을 때 만족스러운 삶이었다고 스스로 말할 수 있을지 궁금했다.

그로부터 며칠 뒤였다. 나처럼 사춘기를 겪는 사람을 주변에서 한 명 더 발견할 수 있었다. 입사 당시부터 우수한 성적으로 주목받고, 착실한 성격으로 소위 주요 부서로만 옮겨다니며 인정받고 있던 동기 언니였다. 남들이 보기엔 조직에서 인정도 받고 승승장구하고 있는 언니가 작년부터 사춘기를 겪고 있다고 하니 의외였다.

"나는 선생님이 되고 싶었는데 지금 그 길을 가지 못한 게 너무 후회되네. 여기서 맞지도 않는 일 억지로 하는 것도 힘들고, 원치 않는 인간관계를 주변이 신경 쓰여서 계속 유지해야 하는 것도 싫고, 눈치보고 비위 맞추는 것도 싫어. 회식도 너무 싫고. 작년부터 주변에서 결혼 안 하냐고 닦달하는 것도 부담스러워. 아직까지 결혼 생각이 전혀 없거든. 결혼하기엔 하고 싶은 게 아직 많아. 그것도 스트레스고 이것저것 일도 스트레스고. 그래서 나도 작년부터 사춘기야."

"근데 언니, 세상에 과연, 하고 싶은 일 하면서 인생을 살아가는

사람들이 몇 명이나 될까?"

"물론 현실과 이상은 다르지. 원하는 걸 하면서 사는 사람은 몇 명 안 될 거야. 근데 말이야. 친하게 지내는 대학교 동창 두 명이 있어. 한 명은 초등학교 선생님이고, 다른 한 명은 학원 영어 선생님인데 그 둘은 정말 하고 싶었던 꿈의 직장이라서 정말 만족하면서 살더라. 초등학교 선생님 친구는 애들이 자기를 좋아해줘서 너무 좋고, 자기가 원했던 직업이라서 항상 출근이 즐겁대. 학원 영어 선생님도 가르침을 주는 일이 정말 뿌듯하대. 그래서 어떻게 하면 더 잘 가르칠 수 있을지 항상 고민한대. 근데 내가 더 부러운 건 뭔지 아니? 그 둘과 직장 이야기를 하고 있으면, 그 둘은 정말로 행복해서 눈이 반짝반짝거려. 그걸 보면 아, 나는 지금 뭘 하고 있는 거지? 왜 이러고 사는 건지 의문이 들어. 그래서 그 둘한테는 내가 하는 일 이야기는 거의 안 해. 내가 초라해져서. 그리고 또 다른 친구는 승무원이 꿈이었어. 하지만 다른 길을 가게 되었고, 결혼도 했지만 승무원이 되지 못한 걸 계속 후회했지. 그래서 서른에 다니던 직장을 그만두고 열심히 준비하더니 승무원 시험에 드디어 합격했어. 정말 좋아하더라. 나는 아마 선생님이 되지 못한 걸 평생 후회하며 살 것 같아. 항상 가슴속에 품고 살겠지."

어른이 되어버린 나에게 더 이상 장래희망을 묻는 사람은 없었다. 그래서 장래를 꿈꾸기엔 너무 늦은 나이가 되어버렸다고 생각했다. 이제 와서 장래를 고민하고 있는 내가 비정상이라고 생각했다.

십 대에도 겪지 않았던 사춘기였기에, 나에게 닥친 스물아홉의 사춘기는 꽤나 혼란스러웠다. 서른이 되기 전에 진짜 나의 장래희망을 찾지 못하면 내 인생은 곧 끝나는 시한폭탄이 될 것만 같았다.

그래서 내가 만나는 사람들에게 똑같은 질문을 하며, 내가 하는 고민이 옳은 고민이라는 정당화를 시켜야만 불안에서 벗어날 수 있었다. 겉보기엔 아무렇지 않게 사회생활 잘 하는 사람이라도 저마다 가슴속에 후회는 하나씩 품고 산다는 사실은 스물아홉에서 서른으로 넘어가던 나에게 작은 위로가 되었다.

휴직을
결심하다

그렇게 스물아홉에서 서른이 넘어가는 것
이 싫어 발버둥치던 그해 6월. 런던으로 여행을 떠났다. 런던을 선
택한 이유는 단 하나였다. 다른 여행지에 비하면 딱히 그렇게 적극
적으로 관심이 가지도 않았고, 동기부여도 크게 되지 않았지만 남
들이 다들 좋다고 하니까 직접 가보고 판단해보겠다는 단순한 이
유였다. 그때까지만 해도 영국 문화가 무엇인지 유명한 것이 무엇
인지 아는 게 거의 없었다. 매일 비가 오고 흐린 나라, 빅벤, 영국박
물관, 그리고 내가 좋아하는 해리포터의 본고장이 내가 아는 영국,
런던의 전부였다.

하지만 런던에 도착한 첫날 밤. 그때 알아버렸다. 나와 이 도시의

인연은 한 번으로 끝나지 않을 것이라는 것을. 어쩌면 나의 못 다한 꿈을 이루게 될 곳이 어떤 선택지에도 없었던 런던이라는 것을 말이다. 지금도 정확한 이유는 알 수 없지만, 그날 밤 적은 일기엔 '서른 살에 꼭 이곳으로 공부하러 돌아오겠다.'고 적혀 있었다.

보통은 여행에서 돌아오는 비행기에서 다음 목적지를 정했다. 이름을 떠올렸을 때 마음이 확 끌리는 곳이 내 여행의 다음 목적지였다. 그런데 이번 여행에서 돌아올 때는 좀처럼 다음 목적지가 떠오르지 않았다.

돌아오는 비행기에선 늘 수면제에 취한 듯 숙면을 하는 게 다반사였지만 이번엔 잠도 오지 않았다. 계속해서 이렇게 일상과 탈출을 반복하며 사는 게 맞는지 지금이라도 내가 하고 싶은 것을 과감하게 하는 게 나은지, 이십 대에 이루지 못했던 꿈을 삼십 대 언젠가에 이루는 것이 아니라 서른 살에 당장 실행해야 하는 건 아닌지 머릿속이 복잡해졌다. 돌아오는 11시간 비행 내내 나는 창밖을 하염없이 바라보며 뜬눈으로 시간을 보냈다.

출근하자마자 예전에 같은 부서에서 일했던 상사를 만나러 갔다. 3년차의 슬럼프를 겪던 그때 나를 이끌어준 상사. 보통의 상사는 그저 멀리하고 싶은 존재였지만, 그녀는 상사라기보다는 또 다른 엄마이자 친구이자 멋진 동료였다. 동갑내기 친구들은 이해할 수 없는 이야기, 엄마에게 털어놓을 수 없는 이야기들, 그 모든 것들을 그녀에겐 스스럼없이 털어놓을 수 있었으니까.

나는 그녀에게 런던을 여행하면서 했던 생각들을, 오랫동안 가져온 고민들을 털어놓았다.

"여행 다닐수록 공부가 다시 하고 싶어져요. 사실 말씀은 못 드렸는데, 뭐 눈치 채고 계셨겠지만 대학교 다닐 때 부모님이 이혼을 하셨어요. 그땐 제가 진짜 하고 싶은 거랑 상관없이 일단 빨리 어디라도 들어가서 돈 버는 게 제일 급했어요. 운 좋게 자리는 잡았죠. 지금 같은 취업난에 어찌 보면 다행이기도 해요.

그런데 요즘 들어서 부쩍 다시 이십 대 초반으로 돌아가고 싶어요. 그냥 단추가 처음부터 잘못 끼워졌다는 생각이 들어요. 물론 그런 일들을 겪었기에 철도 들었고 그래서 여행 하나하나가 특별한 시간이었어요. 학교 다닐 때 교환학생 한 번 가보는 게 소원이었어요. 지금이야 워낙 그런 프로그램들이 잘 되어 있고 젊은 사람들이 여행을 많이 다니는 시대라서 그렇게 특별한 건 아니지만, 그땐 그랬잖아요.

정말 그게 소원이었는데, 사건 사고가 있었고 결국 이루지 못한 꿈이 되었는데, 시간이 지날수록 계속 후회로 남아요. 제 사정 모르는 또래 직원들은 쉽게 말해요. '그렇게 여행 좋아하는데 대학생 때 교환학생 안 가고 뭐했냐고.' 그럴 때마다 가슴이 찢어져요. 저라고 왜 안 가고 싶었겠어요. 그냥 갈 수가 없었는데. 뭐 그들에게 제 사정을 이야기할 필요도 없지만요.

여행을 다니면 그 후회가 조금은 사그라질 줄 알았어요. 그런데 더 심해져요. 세상은 넓고 제가 모르는 것도 아직 너무 많아요. 그리고 더 괴로운 건 이제야 제가 진짜 뭘 하고 싶은지 알겠다는 거예요. 그걸 알고 나니까 제가 계속해서 이 조직에서 일을 하는 게 맞나 하는 의문까지 들더라고요. 사춘기 때나 했어야 할 진로 고민을 이제야 하고 있으니.

그런데 내일모레면 서른이에요. 새로운 도전을 하기에는 포기해야 하는 것도 많고 두려움도 있어요. 그럼에도 불구하고 서른에라도 가지 않으면 정말 평생 후회할 것 같아요. 지금이라도 도전을 하는 게 맞다고 생각하는 제가 너무 터무니없는 꿈을 꾸는 걸까요?"

돌아온 그녀의 대답은 예상 그대로 따뜻했다.

"가. 안 늦었어. 나도 가려고 생각 중인데? 작년에 딸들 따라 필리핀에서 한 달 영어 공부했는데 너무 좋더라. 그냥 뭔가 새로운 걸 배운다는 게, 도전하는 그 자체가 재미있더라. 물론 지금 배워서 어디 써먹겠나 생각도 드는데 배운다는 건 좋은 거 아니니? 나이 든 나도 지금 설레는데 너는 오죽하겠니.

그리고 나도 힘들어봐서 알잖아. 내가 하루아침에 지금처럼 떵떵거리면서 산 거 아니잖아. 너도 알다시피 너랑 근무할 당시엔 이제 막 남편이 사업 기반을 잡을 때였어. 그 전엔 백수라서 나 혼자 벌어서 자식 세 명 학교 보내고, 회사 모임 가면 매일 귀에 딱지가 앉도록 질문 받았지. 신랑 사업 언제 성공하냐고. 그때마다 나는 입버릇처럼 2년만, 2년만 그랬지.

그런데 성공할 거라고 생각하고 열심히 사니까 진짜 성공하는 날이 오더라. 지금 이사 온 집도 사연이 있는 집이야. 우리 신랑이 항상 트럭을 몰고 이 동네 지나다니면서 다짐을 했대. 성공하면 꼭 이 아파트 사서 이사 올 거라고. 근데 진짜 그렇게 됐어. 목표가 있고 긍정적인 생각만 있으면 돼. 나는 항상 꿈은 이루어진다는 말을 믿어.

내가 그걸 직접 경험해봤으니까. 직접 경험해본 사람들은 그걸 알기 때문에 절대로 안 멈춰. 무슨 말인지 너도 경험해봐서 알잖아?

그리고 너는 아직 젊어. 앞으로 살아갈 날이 더 많은데 뭐가 걱정이야. 공부하러 다녀온다고 네가 당장 굶어 죽는 것도 아니고, 공부하러 안 간다고 해서 부자 되는 것도 아니야. 오히려 공부하러 가서 다른 길로 성공할지 누가 아니?"

꿈은 이루어진다. 그렇다. 여행을 다니면서 수도 없이 실현했던 내 꿈의 장면들. 알면서도 나는 왜 그토록 망설였던 걸까. 늦었다고 생각했다. 다시 새로운 걸 시작하기엔. 그런 걸 꿈꾸기엔 너무 늦은 나이라고. 꿈을 이루기 위해 포기해야 할 것도 너무 많다고 생각했다.

하지만 이제 고작 7년을 일했고, 여전히 조직에선 그냥 말단 직원일 뿐이었다. 내가 없어도 조직은 굴러간다. 앞으로 배워야 할 것이 더 많지, 내가 가르쳐야 할 것이 많은 건 아니다.

생각해보면 나에게 조언을 해준 인생 선배들이 이뤄 놓은 것들에 비하면 내가 책임져야 하고 포기해야 할 것들은 몇 되지 않았다. 인생 선배들의 이야기를 들어보면 나이라는 건 자신의 기준에 따라서 젊고 나이 듦이 정해진다. 그들의 기준에서 보면 나는 매우 젊다. 나의 눈에 나보다 어린 친구들의 젊음이 부러운 것처럼.

공부를 위해 휴직하는 제도가 있지만 활성화되어 있지는 않고 단체장의 재량이기에 될지 안 될지는 모르겠지만 운 좋게 허가를 받아 휴직이 되면 백수가 되지는 않겠다 싶었다. 책임져야 할 가족은 엄마뿐인데, 마침 동생이 집으로 돌아왔으니 걱정은 덜었다. 돈은 갔다 와서 또 벌면 되니까 잠깐 없다고 생각하면 된다. 평생 벌어야 하는 것이 돈인데.

내가 두려웠던 건 휴직을 한 사이에 입사 동기들이 나를 앞질러 가는 것. 기대를 안고 공부하러 간 그곳에서 아무 것도 얻는 것 없이 평생 모은 돈만 실컷 버리고 실망할까 두려운 것. 단지 그것뿐이었다.

하지만 책임져야 하고 포기해야 할 것들에 비하면 시도하지 못하고 그저 이루지 못한 꿈으로 남겨두고 평생 후회하며 살아갈 시간이 더 고통스럽다는 생각이 들었다. 이미 이루지 못한 꿈으로 후회를 하고 있었으니 말이다.

나의 인생 멘토가 그랬고, 나의 상사도 그랬고, 나보다 몇 십 년을 더 산 인생 선배들이 그랬다. 나는 아직 젊다고. 그러니 도전해보자. 도전해보고 실패하면 그 또한 인생의 값진 경험이 될 것이다.

이번 런던 여행에서 우연히 만났던 파란 눈의 아저씨. 커피 한 잔 얻어 마시면서 처음 보는 사람에게 나의 고민을 털어놓았더랬다. 그때 아저씨는 이렇게 말씀하셨다.

"서른이라니! 축하해! 축배를 들어야 할 일이구나! 서른 살은 이십 대의 경험을 통해 똑같은 실수를 반복하지 않는 나이란다. 너를 잠깐 보았지만 여전히 젊고, 에너지가 넘치고, 긍정적인 생각으로 가득했어. 그러니 네가 진정으로 하고 싶은 것이면 무엇이든 할 수 있단다."

그리하여 결심했다. 서른이 되면 런던으로 떠나겠노라고. 이루지 못했던 지난날의 꿈이었던 학생으로서의 삶을 살기 위해. 더 이상 내 인생에 후회를 남기지 않기 위해.

서른, 내 인생의 봄날

○

○

○

런던에서
만난
새로운 일상

　　늘 오른쪽 어깨에 매던 핸드백 대신 양쪽
어깨 가득히 커다란 백팩, 뾰족한 하이힐 대신 편안한 운동화, 불편
한 H라인 치마 대신 펄렁한 바지에 티셔츠. 제법 학생처럼 보이는
거울 속 내 모습이 꽤 마음에 든다.
　아침 출근길 직장인들 인파에 섞여서 어학원에 가는 길은 이것저
것 관찰하고 기억하는 재미가 제법 쏠쏠하다. 영어 공부 슬럼프에
빠질 때마다 나를 다독여주었던 드라마 '셜록' 오프닝 속 풍경. 빅벤
과 런던아이의 전경이 어우러진 그 풍경을 보면서 매일 같이 지나
다니는 학원가는 길은 내가 꿈꾸던 런던살이의 모습과도 너무나 똑
같아서 아직도 꿈이 이뤄졌다는 게 실감이 나지 않는다.

자기 덩치만 한 백팩을 메고 뚜벅뚜벅 빨리 걸어가는 사람들 옆으로 아침부터 마라톤으로 출근하는 사람들. 그 옆으로는 자전거 출근 부대가 한가득 지나간다. 신호가 초록불로 바뀌면 수십 대의 자전거들이 경쟁하듯이 앞으로 미끄러져 나가는데 그 풍경이 장관이다. 버스 정류장에선 한 줄 서기의 모범을 보고 감탄하고, 런던 중심가로 들어오면 오전 8시임에도 만석인 카페 속 바쁜 직장인들의 모습을 보는 것도 큰 재미다.

빵과 커피로 아침을 해결하거나, 이미 카페에서 작은 미팅을 시작했거나, 열심히 노트북을 두드리고 있는 사람들, 블루 슈트가 어울리는 멋진 영국 남자들이 열띤 토론을 하고 있다. 참으로 바쁘고 활기 넘치는 대도시 삶의 현장이다.

어학원에서의 첫날은 충격과 공포와 긴장의 연속이었다. 다양한 국적의 친구들과 이야기를 하고 있다는 게 스스로도 믿기지 않았을 뿐더러, 수많은 언어가 오고 가는 이 현장 속에 앉아 있다는 자체로 너무나 신선했다.

오리엔테이션을 할 땐 하나라도 놓치지 않기 위해 쉴 새 없이 영어로 이야기하는 원장님의 말에 집중하느라 진땀을 흘렸고, 레벨 테스트였던 인터뷰에서는 2년 동안 직장생활 틈틈이 공부했던 영어가 무색할 정도로 말을 너무 못해서 좌절의 연속이었다. 친구들과 이야기할 때는 문법은 맞지 않을지언정 엄청난 자신감으로 마구 쏘아대는 유러피안들의 영어에 주눅이 들고 말았다.

예상은 했지만 내가 나이가 제일 많았다. 대부분 대학 졸업반이 거나 대학 가기 전 갭이어를 가진 십 대들이었다. 취업을 위해 영어가 필요해서 런던으로 온 유럽 친구들은, 학생으로 살고 싶어 이곳에 왔다는 나를 이해할 수 없다고 했지만, 학생 카드에 서른 살이 아닌 유럽 나이로 스물여덟 살, 'STUDENT'라는 글자만 봐도 흐뭇했던 그때의 기분은 이루 말할 수 없다.

생각보다 낮은 레벨에 반이 배정된 것에 적잖은 충격을 받았지만, 처음 시작하기엔 나쁘지 않다는 긍정적인 자세로 임했다. 좋은게 좋다고 수긍하는 나와 달리 학생 매니저를 찾아가 자신의 레벨을 수긍할 수 없다며 서툰 영어로 적극적으로 어필하는 유럽 친구들의 모습에서 왠지 모를 부끄러움을 느끼기도 했다.

수업 시간도 문화충격의 연속이었다. 자유로움 속에서도 체계가 잡혀 있었고, 모르는 건 즉시 질문하고 생각을 거침없이 말하는 친구들, 그리고 창의적인 생각들. 학생 주도적인 수업 방식에서 말로만 듣던 우리나라와 외국 교육 방식의 차이점을 몸소 느끼며, 나의 뇌는 전에 없던 집중력으로 매일매일 수업 시간을 스펀지처럼 흡수했다.

쉬는 시간이면 우리는 각자의 언어를 서로에게 알려주고, 런던에 대한 생각을 공유하기도 했다. 한국에 살면서 유럽을 여행할 때마다 늘 하던 생각은 유럽 사람들은 좋은 사회복지제도와 쾌적한 자연환경 속에 살 수 있어서 참 행복하겠다는 것이었다.

하지만 그런 유럽에서 태어나고 자라난 친구들 역시 나처럼 런던을 좋아한다는 사실은 놀랍고 신기했다.

스위스에서 온 친구 C는 17살의 정말 예쁜 소녀였다. 금발에 매혹적인 갈색의 눈. 17살답지 않은 몸매는 누가 봐도 그녀에게 반하지 않을 수 없었다. 그녀가 말하길 스위스는 멋진 자연, 조용함, 다 좋지만 지루한 곳이라고 했다. 그래서 그녀의 꿈은 런던에서 직장을 얻고 사는 것이라고 했다. 다양한 문화가 공존하는 이곳이 너무 매력적이어서 항상 동경해왔다고 말이다.

독일에서 온 A는 18살의 정말 똑똑한 친구였다. 진지하고 생전 처음 들어보는 유머를 구사하는 독일 사람 특유의 분위기가 있는 그녀는 오늘 날씨에 대해 이야기하는 것보다 브렉시트 같은 정치적 이슈를 토론할 때 가장 빛이 났다. 원래 3주만 머물고 독일로 돌아갈 계획이었지만, 런던에서 그녀가 생각하지 못했던 가능성을 발견했고, 이 도시의 매력에 이끌려 더 살아보자 싶어 6개월을 연장했다고 한다.

프랑스에서 온 E는 26살. 대학교에서 일한다. 그녀가 사는 도시는 무려 파리였다. 낭만의 도시 파리에 산다는 것만으로도 부럽기 그지없었다. 매일매일 에펠탑을 보고 산다는 게 어떤 기분일까 싶어서. 그녀 역시 런던에 온 이후로 삶의 가치관이 변했다고 한다. 좀 더 자신이 하고 싶은 일로 이직하고자 마음을 먹었고, 서른을 바라보며 달려가는 나이에 인생에 대해서 다시 한 번 생각해보게 되었다고. 런던에 오지 않았다면 자신은 변할 수 없었을 것이라고 이야기했다. 파리에 대한 자부심도 굉장했지만, 그래도 런던을 더 사랑하는 E였다.

친구들의 이야기를 들으면서 결국 우리는 유럽이나 아시아나 아메리카에 사는 것이 아니라, 매일 반복되는 일상을 살고 있다는 생각이 들었다. 그렇기에 익숙한 일상에서 변한다는 것은 쉽지 않은 것이고, 이곳이 아닌 세계를, 지금보다 좋아 보이는 것을 동경하게 되는 게 아닐까 하고.

여행을 떠나는 것도 그런 이유일 것이고, 과거와 현재가 공존하고 다양한 문화가 어우러진 런던이라는 이 공간에 우리가 빠져 있는 것도 그런 이유일 것이라고. 몇 십 년간 똑같은 일상을 살다가 새로운 환경에 두 발을 딛고 서게 되니 저절로 머리와 마음이 열리고, 그 열린 마음으로 받아들이는 새로운 경험들은 여태 한 번도 겪어보지 않은 것들이기에 강렬한 것이 아닐까.

런던에 정착한 지 아직 2주밖에 되지 않았지만, 카페를 가거나, 버스를 타거나, 길을 걷거나, 마트에서 누군가가 나에게 "너 여행 왔니? 아니면 런던에 사니?"라고 물으면 "여기 살아요."라고 대답했다. 대답하고 나서도 얼떨떨하지만 새로운 나의 일상이 되어버린 이곳은 꽤 나쁘지 않았다.

이곳에 오기 전까지 한국에서 수없이 고민하던 날들은 벌써 별거 아닌 날들이 되어버렸다.

지난 런던 여행에서 돌아오자마자 나는 인사 부서와 휴직 방안에 대해 협의하기 시작했다. 내가 선택할 수 있는 휴직은 경력과 보수가 일절 인정되지 않는 제도였기에 깊은 고민에 빠졌다.

그 당시 유학을 위해 돈은 모으고 있었지만 서른 살에 바로 유학을 결심할 줄은 몰랐고, 선택지에도 없던 런던을 택할 줄은 꿈에도 몰랐다. 캐나다나 호주로 정했다면 일 년을 살 수 있는 자금이었지만, 물가와 학비가 모두 비싼 런던에서는 일 년을 살기엔 턱없이 부족한 금액이었다.

그리고 보수와 경력이 일절 인정되지 않는 휴직은 내가 돌봐야 할 가족과 앞으로의 커리어를 생각하지 않을 수 없었다. 유학을 가면 아무런 수입이 없을 것이기에 그동안은 엄마에게 생활비를 드릴 수도 없었다. 그렇게 꿈 많은 직장은 아니지만 내 이십 대를 꼬박 다 바친 직장이기에 짧은 시간이라도 경력을 포기하는 것이 아깝다는 생각이 들었다. 37년 길고 긴 공직 생활 전체를 볼 땐 너무나도 짧은 기간임에도 불구하고 말이다.

매일 아침 눈을 뜨면 똑같은 고민을 몇 번이고 되풀이했지만 늘 돌아오는 대답은 그럼에도 불구하고 인생에서 다시 오지 않을 기회이기에, 돈이 들더라도 살고 싶은 나라에서 살아보자고, 아무런 대가 없이 인생의 새로운 페이지는 열리지 않는다는 것이었다.

그리하여 나는 런던에서 6개월을 살기로 결심했다. 약 4개월간에 걸친 인사 담당자와의 길고 긴 토론 끝에 마침내 최종적으로 휴직이 가능하다는 답변을 들을 수 있었다.

어렵게 휴직 허가가 났지만, 그 후로도 마음고생의 연속이었다. 집안의 가장인 나에게 의지하고 있는 엄마에게 휴직을 한다고, 6개월 동안 생활비를 드릴 수 없다고, 나 하나 좋자고 무책임하게 집을 떠나겠다는 말이 차마 입이 떨어지지 않았다. 그리고 당시 너무나도 심적으로 의지하고 지내던 부서장에게도 곧 휴직을 한다는 말이, 마치 그녀와 잘 다져온 관계를 스스로 깨뜨리는 것 같아 두려웠다.

출국 날짜가 하루 이틀 다가오자 더 이상 미룰 수가 없어 엄마에게 제일 먼저 말을 꺼냈다. 돌아온 엄마의 반응에 서운함을 감출 수 없었다.

눈물을 뚝뚝 흘리며, 내가 왜 유학이 가고 싶은지 그게 왜 지금이어야 하는지 이야기했다. 엄마의 첫 대답은 '꼭 지금 가야만 하느냐'였다. 멀쩡한 직장이 있고, 앞으로 그냥 다니기만 하면 되는 직장인데 그 많은 돈을 들여서 지금 하는 공부가 쓸모가 있느냐는 것이었다.

믿고 있었던 나의 가족이, 그리고 그녀를 위해 걱정했던 나의 시간들이 순식간에 의미가 없어지는 것 같았다. 엄마가 나의 꿈을 이해해주지 못한다는 것은 크나큰 충격이었다.

"하지만 이미 혼자서 학교 등록도 했고, 돈도 보냈고 일종의 통보인데 그걸 돌릴 순 없잖아. 갔다 오면 다 잊고 현실 적응해서 잘 살면 좋겠다. 못난 부모 만나서 고생하고, 집안이 이런 상황만 아니었으면 공부를 더 했어도 한참을 더 했을 너인데. 열심히 돈 벌어서 스스로 유학 가는 게 대견하기도 하지만 한 푼도 못 보태주는 엄마라서 미안하다."

그러면서 10만 원을 내밀던 엄마였다. 그거라도 보태서 필요한 물건 사서 가라는 엄마에게 6개월 동안 생활비도 못주는데 살림에 보태시라며 다시 돌려드렸다. 엄마 딸 돈 벌러 가는 게 아니라 열심히 번 돈 쓰러 가는 거니까 걱정하지 말라고 말이다.

그렇게 엄마라는 큰 산을 넘고 부서장에게 힘들게 이야기를 꺼낸 날. 그녀는 나의 결단력과 용기에 박수를 보냈다. 쉽지 않은 선택을 했고 오히려 6개월이 너무 짧지 않냐며 더 길게 다녀오지 그러냐는 말씀으로 격려를 해주셨다. 그리고 아직 젊기에 도전할 수 있음이 부럽다고 당신이 나였다면 역시 같은 길을 선택했을 것이라고 하셨다. 무섭게만 생각했던 결과가 상사의 따뜻한 말씀으로 되돌아오자 그동안 혼자 끙끙거리던 마음의 짐들이 한순간에 사라져서, 그녀 앞에서 한참을 펑펑 울고 말았다.

그 후 주변 동료들에게도 내가 곧 휴직한다는 사실을 하나둘 알리기 시작했다. 내가 살아온 시간을 잘 모르는 사람들은 나에게 놀러 간다며 부럽다고 했지만, 나를 조금이라도 아는 이들은 가족 걱정, 돈 걱정, 사무실 걱정 잠시 접어두고 정말 딱 6개월간 오롯이 나를 위해서만 살고 오라고 격려해주었다. 나이가 더 들고, 가정이 생기고 아이가 생기면, 하고 싶은 마음은 굴뚝같지만 막상 실행에 옮기는 건 정말 어려워지니, 할 수 있을 때 도전하라고 말이다.

그렇게 런던에 두 발을 딛고 서기까지 무수한 날들을 고민과 걱정으로 보냈는데, 막상 적응을 시작하니 그 모든 시간들이 별거 아니었던 것으로, 모든 것은 내가 만들어낸 가보지 않은 길에 대한 두려움이라는 괴물이었다는 것을, 마침내 용기와 나에 대한 믿음으로 그 어둠의 터널을 빠져나온 자신이 대견스럽게 느껴졌다.

적응이라 할 것도 없었다. 원래 이곳에 살았던 것처럼 마음은 편안했고 몸이 먼저 반응했다. 스물세 살부터 시작된 직장 생활을 하면서 바깥 음식과 스트레스에 몸이 얼마나 힘들었던 건지. 그렇게 달고 살던 변비, 등과 얼굴에 매일 같이 올라오던 여드름은 이제 찾아볼 수가 없었다. 매일 운동을 해도 늘 퉁퉁 부어서 무겁던 몸도 너무 가벼워졌다.

고등학교 입시가 끝나자마자 대학교에서도 수험생활, 그리고 바로 이어진 직장생활. 쉴 틈 없이 이어지던 생존의 시간을 살다가 갑자기 여유가 생기니 몸이 바로 반응을 하는 것이었다. 어쩌면 요즘처럼 아무 걱정 없이 살던 때가 있었나 싶을 정도였다. 불편한 것이라곤 인터넷이 느린 것과 와이파이를 마음껏 쓸 수 없다는 것, 지하철에서 전화를 사용할 수 없다는 것 그 정도였다.

한국에서는 취미라고 말하던 요리, 사진, 글쓰기, 꽃꽂이가 영국에서는 일상이 되었다. 먹고사는 게 낙이라서, 외식은 비싸서, 슈퍼

마켓에서 장을 보고 밥을 하는 게 재미있고, 하루 종일 카메라를 손에서 놓지 않고, 집에 돌아오면 그날의 기억을 글로 기록하고, 방 안엔 슈퍼마켓에서 몇 천 원이면 쉽게 구할 수 있는 꽃들로 생기를 불어넣었다. 매일매일 2만 보씩 걸어 다녔고, 일을 하지 않아도 하루가 정말 빠르게 지나갔다.

친언니 같은 집주인 언니와 이런저런 이야기를 하던 날이었다.

"한국에서는 오롯이 너를 위해서 산 게 아니었을 거야."

"아니에요, 언니. 가족을 책임진다는 것이 힘들긴 했지만 그래도 최대한 하고 싶은 거 하고 여행도 다니며 나를 위해서 산 거 같은데요?"

"물론 그렇게 사는 것도 너를 위한 삶이었겠지만 지금 마음이 훨씬 더 가볍지 않니?"

나는 부인할 수 없었다. 이곳에 오고 나서 미안하지만 정말 엄마가 보고 싶다는 생각조차 들지 않았다. 오히려 눈에서 안 보이니 마음이 편했다. 내가 먼저 연락을 하는 일도 없었다.

가끔 그런 생각도 했다. 왜 평범하게 화목한 가정에서 자랄 수 없었는지, 물론 세상엔 나보다도 못한 사람들도 많지만. 평생 자식만 걱정하고 당신이 하고 싶은 것은 포기하고 살았던 엄마였기에 그걸 보면서 자란 나는 당연히 엄마를 내가 책임져야 하고 효도를 해야 한다고 생각했다.

하지만 언제부터인가 그것은 부담이 되었고, 책임이 되었다. 하고 싶은 것이 있는데 기회가 왔을 때, 이번처럼 휴직을 결심하면서도 부양이라는 책임으로부터 돈으로부터 자유로울 수 없었을 때, 내가 꿈을 좇을수록 엄마는 나를 존재하게 하는 울타리인 동시에, 변화를 망설이게 하는 족쇄였다.

하지만 엄마로부터 9,000km 떨어진 이곳에서, 그 어떠한 책임을 질 것도 없는 이곳에서 나는 완전히 자유로웠다. 책임으로부터 탈출한 지금 완벽하게 나 자신을 위해 살고 있었다.

내가 힘들게 벌어서 모은 돈이었기에, 그토록 원하던 외국에서의 공부였기에 매일 열심히 공부했고, 허투루 돈을 쓰는 일도 없었다. 어렵게 얻어낸 휴직이었기에, 서른 살에 선택한 다시 오지 못할 시간이라는 것을 알기에 하루에 할 수 있는 한 많이 걸어 다니면서 새로운 것을 흡수하고 새로운 사람들을 만났다. 매일 매일 살아서 숨쉬고 있다는 생각이 드는 하루하루였다.

오늘 어학원에서 집으로 돌아오는 길은 멋진 노을이 풍경을 다했다. 내 앞을 걸어가던 청년이 갑자기 노래를 부르기 시작했다. 목소리가 참 좋았다. 옆에 있던 그의 여자 친구는 노래에 맞춰 춤을 추면서 걸어갔다. 한편에는 카메라와 삼각대를 세워놓고 저물어가는 이 시간을 담고 있는 사람이 있었다. 저 멀리서 쿵짝쿵짝 음악소리가 들려왔다. 이층버스에서는 파티가 한창이었다. 파티에 취한 사람들이 우리들에게 손을 흔들었다. 지나가던 누군가도 그 음악 소리에 맞춰 흥에 겨워 하며 버스 위 사람들에게 손을 흔들어주었다.

오늘 하루도 그렇게 저물어갔다. 그저 이 순간을 즐기고 마음에 담고 오래도록 곱씹으면서. 앞으로 런던에서의 시간도 오늘만 같기를 기도하면서.

런던의 푸른 여름이 한창이던 날. 어학원 짝꿍인 17살 소녀 C가 스위스로 돌아갔다. 마지막으로 나를 꼭 안아주면서 그녀가 말했다. "그러니까 지영. 런던에 있는 동안 후회 없이 다 즐기고 가. 그리고 한국에 돌아가서도 너를 위해 즐기면서 살아. 너의 삶이야. 누구도 대신 살아주지 않는 너의 삶을 사는 거야. 절대 잊지 마! 여기는 런던이야!"

그래 여기는 런던이다.

온전하게 나로서 살아볼 자유가 허락된 곳.

워털루
따뜻한
우리 집

　　불행인지 다행인 건지 나는 서른 살이 되
도록 집을 떠나본 적이, 엄마 품을 떠난 적이 한 번도 없었다. 그래
서일까? 대학생 때는 기숙사 생활을 하던 친구들이 부러웠다. 집 떠
나서 사는 자유가 어떤 것일까 늘 궁금했다. 어른이 된 후에는 집 밥
먹고 다니는 게 얼마나 큰 행복인지 알게 되었지만, 그럼에도 불구
하고 런던 행을 준비하면서 처음으로 독립해서 살아본다는 것에 많
이 설렜다.
　어학원과 대학교 등록도, 은행에서 계좌 정리도, 사무실의 휴직
수속도 일사천리로 진행되었지만, 집을 구하는 것, 아니 '방'을 구하
는 것은 내가 런던에 도착하기 전에는 해결할 수 없는 것이었다. 짧

은 기간을 살고 한국으로 돌아가야 하기에 방을 빨리 구해서 정착하는 것이 정말 중요한 숙제였다. 인터넷에 수없이 넘쳐나는 '런던에서 방 구하기' 글들을 보면 한 번에 제대로 된 방을 구하는 경우는 극히 드물었고, 구하고 나서도 예상하지 못했던 문제로 집주인과 갈등을 겪는 워홀러들과 유학생들이 많았다. 나도 예외가 될 순 없기에 런던에 도착해서도 마음을 많이 졸였던 '방' 구하기.

물가가 정말 비싸기로 유명한 런던. 그중에서도 집값과 교통비, 외식비는 살인적이라는 것을 익히 들어 알고 있었다. 스튜디오 하나를 통째로 렌트하는 건 처음부터 생각하지도 않았고, 기숙사 비용도 개인적으로 렌트하는 것보다 더 비쌌다.

집값이 상상을 초월하기에 이곳에서는 한 지붕 아래에 '방'을 나눠 렌트하고 주방과 욕실을 공유하는데, 이를 플랫(flat)이라 불렀다. 플랫에는 집주인이 같이 사는 경우도 있고, 플랫 메이트들끼리만 사는 경우도 있었다.

보통은 월 단위로 방세를 납부하는데, 주 단위로 납부하는 플랫도 있고, 각종 전기세, 수도세, 카운슬 택스(council tax. 영국에서 개인의 주택 가치에 의거해 매기는 지방세)가 포함된 것도 있고, 안 된 것도 있고. 세탁기 쓰는 것도 하루에 횟수를 제한하는 집도 있고, 난방도 아껴서 해주는 집도 있었다. 옛것을 아끼는 영국이기에 몇 백 년된 집들이 대부분이라 화장실 물이 제대로 내려가는지 수압 체크는 물론 쥐가 있는지 없는지, 집이 아닌 방을 구하는 것까지도 생각해야 할 것이 한두 가지가 아니었다.

런던으로 목적지를 정했을 때부터 내가 살고 싶은 동네는 이미 정해져 있었다. 이미 여행으로 한 번 다녀왔기에 살고 싶은 지역을 정하는 건 그리 어렵지 않았다. 템즈 강과 런던아이 그리고 빅벤이 가까이에 있고, 어학원과 대학교가 있는 센트럴까지 도보로 30분에서 40분 이내로 닿을 수 있는 곳. 그곳이 내가 살고 싶은 곳이었다. 이러한 조건에 맞는 곳은 당연히 많은 비용을 지불할 각오를 해야 했지만, 교통비도 정말 비싼 런던이기에 걸어서 다닌다면 교통비 절감으로 한 달 지출은 비슷할 것이라는 생각이 들었다.

더욱이 평생 여기서 살 것도 아니고 한 번 살다 돌아가야 하니 먹고 싶은 것, 사고 싶은 것을 줄여서라도 살고 싶은 곳에서 살다 가자는 생각이 컸다.

두 달 동안 영국 부동산 사이트, 한인 커뮤니티를 들락거리면서, 내 마음 속 기준에 맞는 물건이 나오길 바랐다. 마침내 출국 3주를 앞두고 마음에 드는 방을 발견했다. 위치며 가격이며 계약 조건이며 뭐 하나 마음에 들지 않는 것이 없었다. 떨리는 마음으로 집주인과 뷰잉 날짜를 잡으면서 제발 한 번에 계약할 수 있기를 바랐고, 꼭 이 집이기를 기도했다.

런던에 도착한 다음날, 드디어 실제로 보게 된 방은 마음에 쏙 들었고, 마음씨 좋은 집주인도 좋았다. 집주인도 일곱 번의 인터뷰 끝에 제대로 된 방 주인을 만났다고 했다. 같이 살 사람을 찾는 것이기에 방이 빨리 계약되는 것보다 마음이 맞는 사람을 찾는 것이 그녀의 기준이었다. 그렇게 나는 운이 좋은 것인지 그렇게 될 일이었는지 소원대로 뷰잉 한 번 만에 런던에서 6개월을 보내게 될 '방'을 계약했다.

런던 워털루 역 뒤편에 있는 우리 집. 그래서 런던 사방팔방으로 나가기에 교통의 최적지이고, 5분만 걸어 나가면 템즈 강이 있고 빅벤이 있고, 런던 아이가 있었다. 워털루 다리를 건너면 센트럴까지 걸어서 30분이면 금방이었다.

한국에 있는 내 방보다 조금 큰 방. 벽지는 없지만 하얀색 페인트로 칠해져서 깔끔했다. 삐걱거리는 방문을 열면 정면으로 보이는 큰 유리창으로 스며들어오는 햇살이 너무 예쁘고 따스했다. 유리창 밖으로 보이는 마당엔 아주 큰 나무가 있었다. 유리창 아래엔 내 몸 하나 눕힐 작은 침대도 있었다.

책장 겸 장식장도 있었지만 잠깐 살다가 갈 나에겐 채울 것 없는 과분한 장식품이었다. 벽엔 아주 낡은 붙박이장이 있었다. 내가 가져온 옷은 몇 벌 되지 않아서 작은 옷장임에도 공간이 남을 정도였다. 그리고 붙박이장 앞엔 내가 이 방에서 가장 많은 시간을 보내게 될 책상이 놓여 있었다.

비록 드라마에서 보던 정말 영국적인 그런 방은 아니었지만 내 눈엔 더할 나위 없이 완벽한 방이었다. 살면서 처음으로 내가 직접 고르고 골라 계약한 나의 방이 런던에 있다는 것만으로도 충분히

의미가 있었다.

처음 생긴 나만의 공간이었기에 매일 같이 방을 쓸고, 바닥을 닦고, 창틀을 닦고, 깨끗해진 방을 보며 뿌듯해했다. 방은 나에게 런던에서 처음으로 얻은 소중한 보물 같은 것이었다.

집주인 언니는 런던에 산 지 8년이나 되었다. 그녀가 스물세 살 때, 런던에 어학연수를 왔다가 이곳에 눌러 살아야겠다고 결심했다고 한다. 그래서 다시 런던으로 돌아와서 돈을 벌며 학비를 모아 런던에서 손에 꼽히는 명문 대학에서 공부를 했고, 꿈꾸던 패션 디자이너로서의 일도 시작하게 되었다. 지금의 폴란드인 남편을 만나 런던에서 가정도 꾸리게 되었다. 언니에게도 이 집은 소중한 곳이었다. 언니가 대학생일 때 이 집에 들어왔고, 건너편 방에 현재의 남편이 살고 있었다고 한다. 언니의 소중한 꿈은 이곳에서 꽃을 피우고 절정을 맞이했고, 또 다른 인생의 페이지를 이곳에서 시작하게 되었다.

이제는 어엿한 이 집의 주인이 되어 그 옛날 언니처럼, 꿈을 안고 런던으로 오는 이들에게 보금자리를 만들어주고 있다.

언니는 늘 웃으면서 말했다.

"우리 집에서 머물다가 간 사람들은 꼭 나중에 하나같이 다 잘됐어. 런던에서 좋은 직장에 취직을 한 사람도 있고, 한국에 돌아가서 원하는 삶을 살게 된 사람도 있고, 어느 길이든지 다 잘 풀렸어. 너도 여기서 좋은 기운 많이 받아가!"

8년을 살고 있지만 아직도 런던이 질리지 않고 여전히 설렌다는 언니. 언니와 이야기를 하다 보니 서로 비슷한 가치관을 갖고 있다는 생각이 들었다. 남과 비교하기보다는 끊임없이 스스로를 발전시키고, 하고 싶은 일을 하면서 내가 만족하고 행복한 삶을 사는 그런 것들 말이다. 실제로 언니는 그렇게 살고 있었고, 이렇게 마음이 통하는 집주인을 만난 것도 큰 행운이었다.

디자인 회사에서 일하는 그녀는 패션쇼 시즌이라든지, 계약이 한창 성사될 시즌이면 밤낮없이 일했다. 피곤하지 않느냐고 물으면, 피곤하지만 자신이 좋아하는 일이고 정말 즐기면서 하는 일이기에 더 잘하고 싶고, 빠져들어서 하다 보니 재미있다고 말하던 그녀였다.

자신이 이십 대에 아무것도 가진 것 없이 런던에 와서 바닥부터 살아내면서 겪었던 외로움과 불편함. 그리고 현실적인 문제가 무엇인지 누구보다도 더 잘 알기에 그녀는 언제나 나에게 진심어린 조언과 현실을 꼬집어 주는 말들을 아끼지 않았다. 그녀 덕분에 나는 조금 더 나의 위치를, 나의 내면과 원하는 미래를 객관적으로 들여다볼 수 있었다.

플랏 계약서를 작성하던 날 언니와 맛있는 저녁을 먹고, 일 년 전 런던에 여행으로 와서는 꼭 다시 돌아오겠다고 다짐하며 걷던 거리를 함께 걸었다.

"언니. 저는요 이십 대 초반엔 빨리 취업해서 돈 벌어서 엄마랑 먹고살만해지는 게 목표였어요. 이십 대 후반엔 회사에서 승진도 하고 여행도 많이 다니고, 외국에서 살아보는 게 소원이었는데, 지금 돌아보니 다 이뤘네요? 런던에서는 그때 못했던 공부도 하고 싶고, 영어도 잘하고 싶고, 무엇보다 이제 앞으로 10년을 살아갈 목표를 찾고 싶어요. 저는 뭐랄까. 목표가 없으면 지루해지고 삶이 재미없어지는 것 같아요. 계속해서 앞으로 나갈 동력이 필요한데 그걸 6개월 만에 다 이룰 수 있을까요?"

"걱정하지 마, 6개월 절대 짧지 않아. 충분해. 우선 여기까지 온 너 자신을 칭찬해줘. 넌 그게 필요해. 스스로 여기까지 오느라 고생했다고 안아줘. 잘했다고 마음껏 칭찬해줘야 해! 영어가 꼭 늘어야 한다는 부담도 갖지 마. 영어는 6개월쯤이면 말이 트일 거야. 말이 트일 때쯤 돌아가야 하는 게 아쉽지만 그걸 그대로 가지고 가는 거야. 그냥 여기 있는 동안은 오롯이 너를 위해서 할 수 있는 것 다해보고, 많이 보고, 듣고, 많은 사람을 만나고, 그들이 살아온 이야기를 들어봐. 정말 잘난 사람들, 배울 점 있는 사람들이 많아. 그러다 보면 자연스레 앞으로 10년의 목표 그리고 삶의 방향도 찾게 될 거라고 생각해. 여기서 찾지 못하고 돌아가더라도 절대 실망하지 마. 시간이 걸려도 괜찮아. 결국 여기서 보낸 시간도 그냥 흘려보낸 시간이 아닌 보탬이 되는 시간들일 테니까. 지나간 아쉬운 시간을 내려놓는 것도 네가 해야 할 일이야. 그리고 내가 볼 땐 너는 돌아가기 전에 이미 한참 달라져 있을 거야. 고민하는 만큼 사람은 변하는 거니까. 너는 충분히 다 이루고 돌아갈 거야!"

언니의 말이 맞았다. 하나도 틀린 것이 없었다. 노을이 아름답게 지던 트라팔가 광장 앞에서, 런던에 다시 돌아온 게 믿기지 않는다며 호들갑 떨며 나눴던 그날의 이야기는 정말 6개월 뒤 현실이 되었으니까.

우리 플랏엔 나와 집주인 언니 말고도 한 명의 식구가 더 있었다. 내 옆방에 사는 우리 플랏 메이트는 이제 스물한 살이다. 내 눈엔 아직 병아리 같은, 이 힘겨운 타국살이를 견딜 수 있을까 싶을 정도로 걱정되는 친구였지만, 그녀는 나보다도 더 단단하고 철이 들었다.

사실 그녀의 배경은 부족한 게 없었다. 어렸을 때 부모님을 따라 미국에서도 살아보고, 고급 스포츠도 배우고, 부모님이 알려주는 길만 따라가면 장래도 촉망받던 그런 삶이었다. 하지만 그녀에게도 그녀가 가고 싶은 길이 있었다.

그렇지만 딸이 편하게 고생하지 않고 살기 원했던 부모님은 딸의 장래희망에 동의해줄 수 없었다. 그때부터 그녀는 부모님이 만들어준 길 대신 자신이 가고 싶은 길을 선택했고, 대학 대신 일찌감치 취업을 선택했지만 너무나도 어린 그녀에게 사회는 텃세와 실망감만 안겨주었다. 결국 그녀는 든든한 부모님의 지원도, 편하게 살 수 있는 기회도 모두 포기하고 런던을 선택했다.

생활비를 한 푼도 지원받지 못하는 그녀는 이곳에서 평일, 주말 할 것 없이 학원과 아르바이트를 병행하면서 자신의 이십 대를 이곳에 바치고 있었다. 제대로 잠잘 시간도 없고, 편하게 놀러 나갈 시

간도 없고, 런던을 즐길 시간도 없고, 코피까지 쏟으면서 왜 이 고생을 사서 하는지 스스로에게 질문을 던지기도 하지만, 또 가족들이 보고 싶지만, 런던에서 꿈꾸는 대학에 입학해서 원하는 전공을 졸업하고 멋지게 취업해서 부모님에게 자랑스러운 딸이 될 거라고 씩씩하게 말했다. 언젠가는 부모님이 자신의 선택을 이해해줄 것이라고 믿는다며 그 생각 하나로 오늘도 코피가 흥건한 휴지를 쥐고 아침 출근을 나서는 그녀였다.

어쩌면 그녀가 있어서 집에서 보내는 시간이 더 즐거웠는지도 모른다. 바쁜 시간을 쪼개서 함께 산책도 다니고, 내 방 의자에 노트북을 올려놓고 함께 영화를 보면서 울기도 하고, 집주인 언니가 한 달 동안 집을 비웠을 땐 우리 세상이라며 매일 같이 함께 요리도 하고, 여러 사람을 초대해서 함께 놀기도 하고, 나보다 철이 더 든 그녀여서 연애 상담이든 인생 상담이든 마음속에 있는 어떤 이야기든 다 할 수 있었던 시간들이었다.

그녀와 가장 행복했던 시간을 꼽으라면, 교통비 아껴보려고 하루 종일 런던 북쪽에서부터 집이 있는 남쪽까지 여행 삼아 장장 8시간을 걷던 날, 배가 고픈데 밥 먹기엔 어중간해서 마트에 들러서 감자칩 6개가 든 1파운드짜리 감자칩 묶음을 사서 집으로 오는 길 위에서 다 먹어치우며, 그래도 오늘 너무 행복한 것 같다고 깔깔거리던 날일 것이다. 돈이 없어도, 배가 고파도, 추워도 그냥 마음 맞는 친구와 내가 좋아하는 도시를 걷고 있는 시간 자체가 나에겐 소중했으니까.

요리하는 걸 좋아하는 그녀는 종종 맛있는 음식을 많이 만들어주었다. 그중에서도 내가 가장 좋아했던 건 올리브 오일과 토마토로 맛을 낸 파스타. 그녀만의 레시피를 몇 번이고 어깨너머로 공부했지만, 한국에 돌아와서 아무리 시도해봐도 그녀의 손맛을 흉내낼 수는 없었다. 지금도 토마토를 보거나 파스타를 만들 때면 그녀와 함께했던 추억이 생각나고, 그녀가 보고 싶어진다.

내가 학교 방학을 이용해 멀리 오랫동안 여행을 간다고 집을 비웠을 때, 그녀는 내가 없는 동안 심적으로 많이 힘들었다고 했다.

일도 힘들었고, 친언니처럼 의지하던 내가 없으니, 마치 내가 한국으로 아예 돌아가버려서 혼자 적응해야 하는 기간처럼 느껴졌다고. 나 역시 여행을 하면서 그녀가 해주던 요리가 그리웠고, 매일 밤 함께 보던 영화가 그리웠고, 함께 먹던 감자칩이 그리웠다.

신발이 두 켤레뿐이었던 나에게 여행하는 동안 발이 편해야 한다며 비싼 운동화도 빌려주고, 옷이 별로 없는 나에게 여행 가면 사진이라도 잘 나와야 한다며 옷도 빌려주었다.

데이트를 하러 가는 날엔 이것저것 입혀보며 코디를 해주기도 하고, 내가 속이 쓰린 날이면 어떻게 알고 먼저 문자를 보내서 술 먹자고 이야기해주고, 어떤 날은 내가 좋아하는 것 사왔다며 깜짝 선물을 내밀기도 했다.

그녀가 늦잠을 자는 날이면 나는 먼저 일어나 따뜻한 차를 끓여

보온병에 담고, 토스트를 만들어 헐레벌떡 문밖을 나서는 그녀의 손에 쥐어주었다. 그렇게 우린 정말 친자매처럼 지냈다.

런던에서 6개월이라는 시간이 하나둘 마무리를 향해 달려갈 때쯤. 어느덧 집주인 언니에게 마지막 방세를 납부할 날이 다가왔다. 파운드 값이 오르기 전에 은행에서 미리 출금해서 봉투를 6개 만들어놨었는데, 그때 생각하길 마지막 방세를 내는 날이 올까? 기분이 어떨까? 생각했는데, 그날은 속절없이 오고야 말았다.

처음 왔을 때 텅 빈 상태 그대로 떠날 때도 겉보기엔 텅 빈 방이었지만 그 방에 남겨진 나의 추억은 나만 알아보고 기억할 수 있는, 남겨두고 가는 것이 아쉬워 자꾸만 눈에 밟히는 그런 것이었다.

이 집을 만난 것은 다시 생각해봐도 정말 나에게 행운이었다. 뷰잉 한 번 만에 마음씨 좋은 집주인 부부와 쿵짝이 맞는 플랏 메이트를 만나서 6개월 동안 집 문제로 골머리 썩는 일이 없었다. 바깥에서 놀다가도 집에 빨리 가서 뭐, 뭐 해야지!라는 생각이 들었던, 여행을 가서 아무리 좋은 풍경을 봐도 생각이 나고 그리울 정도로 따뜻했던 우리 집.

내 방 침대에 누우면 매일 아침 보이던 파란 하늘, 창문 사이로 들어오던 선선한 바람, 집 앞 큰 나무 그림자가 일렁이는 게 참 예뻤던 내 방 큰 창문, 열쇠를 두 번 돌려야 열리는 우리 집 현관문, 집 바깥에서 시도 때도 없이 울리는 사이렌 소리, 워털루 역에서 기차가 출발할 때마다 들리는 레일에 기차가 끌리는 소리, 매 시간 정각마다 바람에 실려 오는 빅벤의 타종 소리. 사람들이 붐비는 게 좋았던 워털루 역, 걸어서 5분이면 닿을 수 있었던 런던아이와 빅벤, 그리고 집에 오려면 꼭 거쳐야 했던 템즈 강변, 분홍색 노을이 참 예뻤던 우리 동네.

도보로 런던 중심 구석구석을 들여다 볼 수 있는 위치 덕분에, 버스를 타고 다녔더라면 무심코 지나쳤을 풍경들을 놓치지 않았다. 튜브를 탔더라면 검은 터널로만 기억됐을 나의 런던은, 알록달록 여러 빛깔의 기억들로 가득 차 있다.

좁았지만 즐겁게 요리하던 주방, 오후 7시쯤이면 퇴근해서 돌아올 플랫 메이트와 집주인 언니의 발소리를 기다렸다. 거실이 없어서 항상 현관 앞 신발장 옆에 서서 집주인 언니, 나, 플랫 메이트와 시간 가는 줄 모르고 서로의 오늘에 대한 이야기를 풀어놓기도 했다.

런던에 정착한 집주인 언니와 런던에 정착하고 싶어 하는 플랫 메이트를 보면서, 외국에서 이민자로 살아간다는 것의 현실이 어떤 것인지 알아갈 땐, 내가 누리고 있는 한국에서의 삶이 얼마나 소중하고, 편한 것인지를 깨닫게 될 때도 있었지만, 한국에서 우리 가족들과 보낸 시간보다 이 짧은 시간 만났던 가족들과의 시간이 더 행복했다고 말할 수 있었던 시간들.

런던이 나에게 준 또 다른 축복은 바로 워털루 우리 집.

그리고 새로운 가족이었다.

내가 선택한
오늘

　　회색의 런던 하늘을 본 적이 언제였을까.
매일 같이 쨍한 파란 하늘로 맞이하는 영국의 여름. 습하지 않아서
햇살이 좋으니 빨래가 금방 마른다.

　원래 빨래를 한 번 하면 완전히 건조되는데 이틀은 족히 걸리지
만, 요즘 같은 햇살엔 반나절이면 충분하다. 따뜻하게 방 안으로 내
리쬐는 햇살이 혼자 보기 아까워서 눅눅해진 베개도 창가에 뉘어놓
는다. 보송보송하게 잘 마른 것이 오늘 밤엔 잠도 잘 올 것 같다.

　달력엔 이번 주에 방문해봐야 할 박물관과 미술관 리스트가 가득
하고, 공부는 공부대로 열심히 하고 있고, 노는 것도 열심히 하고 있
다. 런던에 와서 지금까지 늦잠을 자본 적이 없다. 오히려 한국에서

의 생활보다 더 바쁘고 하루가 모자라다. 오늘은 일찍 자야지 하고 생각하다가도 책상에 앉아 일기를 적다 보면 새벽 12시, 1시를 넘기기 일쑤였다. 주말에는 월요일마다 있는 학원 시험공부를 해보자 마음먹지만, 방 청소하고, 빨래하고, 장을 보고 나면 또 하루가 금방이다.

간간히 핸드폰으로 알아서 날아오는 한국의 소식들은 기분 좋은 것도 있고 별로 듣고 싶지 않은 것도 있다. 런던에 도착한 지 3주차였을 것이다. 친구를 통해 내가 휴직 직전에 있던 부서의 누군가가 내가 특정 업무가 하기 싫어서 휴직했다는 소문을 퍼뜨리고 다닌다는 이야기를 들었다. 그 뒤로도 나를 아는 사람들이 그런 이야기를 들었다고 속속 제보를 해주었다. 참으로 어처구니가 없었다.

나는 그 업무에 직접적인 관계가 없었기에 황당하기 짝이 없었다. 가장 화가 났던 것은 그분이 내가 어떤 사람인지 제대로 알지도 못하면서, 왜 내가 휴직을 하고 사비를 들여 이곳까지 오게 되었는지 정확히도 모르는 상태에서 마음대로 거짓 이야기를 만들어낸다는 점이었다.

사회생활은 그랬다. 누군가가 스스로 노력을 통해 좋은 것을 쟁취하면 주변에서는 그것을 곱게 바라보지 않았다. 시샘과 질투는 근거 없는 소문을 만들었고, 그 소문은 그들만의 술자리에서 살을 붙여나갔고, 결국 그것은 거짓이 아닌 사실이 되어 나에게 돌아왔다. 한 번 두 번 그런 상황을 마주할 때마다 억울했지만 할 수 있는 것은 없었다. 그저 바짝 엎드려서 언젠가는 진실을 마주하게 될 거라고, 그 시간들이 지나가기를 바라는 것뿐이었다. 진실이 아니라고 말하는 순간 이미 거짓을 진실로 믿고 있는 사람들의 귀에는 내가 그것을 인정하는 꼴이 되어버리는 그런 우스운 것이었으니까.

오늘 아침엔 한국에서 날아온 부고를 들었다. 이번이 벌써 두 번째다. 내가 런던에 온 지 얼마 되지 않아 한 분의 직원이 돌아가셨고, 두 달도 채 되지 않아 접하는 또 다른 부고였다. 직장생활을 시작한 지 8년 차에 접어들었지만, 함께 얼굴을 보고 인사하던 직원의 부고는 처음이었다.

두 분 모두 한참을 더 사회에서 활동하실 나이였고, 정말 열심히 일하시던 분들이셨는데 그렇게 하늘 저편으로 훨훨 떠나가셨다.

이곳으로 오기 전 직장이 나에게 있어서 무엇인지, 휴직이 옳은 것인지 숱한 날을 고민했었다. 꼬박꼬박 들어오는 월급 덕에 엄마와 내가 안정적인 삶을 찾아갈 수 있었고, 또 다른 꿈을 꿀 수 있었다. 일찍 시작한 사회생활이었기에 어리다고 남들보다 뒤처지는 것은 싫었고, 승진은 더욱 밀리기 싫었다. 그랬기에, 이십 대의 내 전부였던 직장이었기에, 선배들에 비하면 얼마 되지 않는 경력이었지만, 고작 6개월의 공백으로 경력을 손해 볼 것을 생각하니 왜 그렇게 그동안 쌓아온 게 아까웠는지 모르겠다.

지금 생각하면 정말 별것도 아닌 것이었는데. 조직에서 패배자가 되는 것도 싫었지만, 나보다 훨씬 이곳에 오래 머물고 계신 상사

들을 보면서 그렇게 조직이 삶의 전부인 것이 썩 좋아 보이진 않았다. 조직에서는 높은 분들이지만 퇴직을 하고 나면 직함 없는 평범한 아줌마와 아저씨였고, 모두 다 그런 건 아니었지만 몇몇 분들의 조직 충성의 끝은 원하던 보직의 쟁취와 동시에 건강검진에서 암을 발견하는 그런 것들이었다.

누가 어떤 가방을 샀고, 옷을 입었고, 주식에 투자해서 얼마를 벌었다는 이야기. 다음 주에 어떤 직원이 결혼하는데 남편 될 사람의 직업이 이러쿵저러쿵, 사정이 있어서 결혼식을 하지 않는 직원에겐 식을 올리지 않는다며 입을 모으고, 누군가의 비밀은 오늘 우리들 식사 반찬거리가 되는, 가십거리 가득한 이야기만 오고 가는 대화에도 이미 싫증이 난 지 오래였다. 그렇게 한때는 나의 전부였던 직장이 점점 돈을 주는 곳 그 이상 그 이하도 아닌 곳이 되어갈 때쯤 나는 오늘의 삶을 선택했다.

플랫 메이트가 이런 말을 한 적이 있다.

"언니, 내가 여기 6개월 있다가 비자 만료돼서 한국 돌아갔었잖아요. 다시 돌아가면 제일 무서운 게 뭔지 알아요? 언니는 변했는데, 한국에 있는 언니 일상은 아무것도 변한 게 없는 거예요. 가족도 직장도 주변 사람들도 다 그대로이죠. 난 그래서 솔직히 돌아가서 실망이 너무 컸어요. 난 이렇게 변했는데 현실로 돌아가서는 언니가 변한 걸 알려고 하는 사람도 알아주는 사람도 없어요. 오히려 그들은 6개월이라는 잣대로 언니를 평가하려고 들 거예요. 그래서 그냥 다시 내가 거기에 적응하는 거예요. 그러다 보면 허무해져요. 내가 런던에 살았었나? 그런 생각이 들 정도였으니까요.

그러니까 언니. 절대로 언니가 돌아갔을 때 많은 것이 변했을 거라고 기대하지도 말고 상처도 받지 말아요. 기대해서도 안 돼요. 난 그게 견딜 수 없어서 결국 다시 런던으로 돌아온 거지만요."

그랬다. 이 생활은 잠깐일 뿐 결국 내가 돌아가야 할 곳은 절대 변하지 않을 것 같은 그곳의 일상이다. 그곳으로 돌아가기 싫다기보다는 돌아가서 다시 마주해야 할 나의 현실들이 싫었다. 가족을 부양해야 하는 것도, 더 이상 변화를 기대할 수 없는 직장에서 보내야 할 매일도. 어쩌면 지금 내가 선택한 이 삶도 남들과 달라서가 아니라, 그곳에서 견딜 만큼 견디다가 선택한 일종의 '이유 있는 도피'일지도.

돌이켜보면 나의 지난 이십 대에 꿈이랍시고, 목표랍시고 성취해내고 눈물도 흘리고. 그땐 그것을 꿈이라 생각했고, 꿈을 스스로 이뤄낸 걸 훈장처럼 생각했는데, 그 모든 시간들이 어쩌면 어떻게든 힘든 현실을 버텨내려고 나름대로 아등바등거린 것이었던 것 같아 스스로가 안쓰럽기도 했다. 그래서 삼십 대에는 이십 대처럼 살지 않아야지라고 생각하면서 동기부여를 하고 전진하다가도, 그렇게 아등바등거리면서 살 필요가 있나 하고 김이 빠지기를 반복 중이기도 하다.

며칠 전 새로 알게 된 석사 유학생 A는 10년 동안 잘 다니던 인테

리어 회사를 그만두고 퇴직금과 그동안 모아 온 돈을 털어 런던에 석사 공부를 하러 왔다. 퇴사할 때 주변에서 부러움 반 걱정 반의 이야기를 했다고 한다. 특히나 남자 나이 서른여섯 살이면 장가를 가야 하지 않냐는 등. 지금 뒤늦게 석사를 한다고 한들 어떻게 재취업을 할 것이냐는 등의 마치 자신의 인생인 양 걱정해주는 그런 말들 말이다.

그럼에도 불구하고 그는 자기가 나아가야 할 방향을 너무나도 정확히 알고 있었고 확신이 있었다. 결혼이니 안정된 삶이니 하는 것은 애당초 그의 삶의 목표가 아니었다. 울타리를 벗어난 세상은 생각보다 도전할 만하다고.

어학원에서 친하게 지내고 있는 스물하나의 B는 요즘 진로 설정에 고민이 한참이다. 그녀의 문제는 하고 싶은 게 너무 많다는 것이었다. 그리고 하고 싶은 게 그리 오래가지 못한다는 것도. 내가 그녀의 나이일 때 내가 무엇을 잘하는지도, 무엇을 하고 싶었는지도 모른 채 유일하게 그때의 내가 할 수 있었던 지금의 밥벌이를 선택한 지난날을 생각하면 더 넓은 세상인 이곳에서 참으로 행복한 고민을 하고 있는 그녀가 부러웠다.

삶이라는 건 단순하게 바라보면 사회가 정해준 길을 따라가면 되는 거라서 쉬워 보인다. 학교를 가고, 수능을 보고, 대학에 들어가 취업을 하고, 결혼을 해서 가정을 꾸리고, 아이를 낳아 열심히 키우고, 그리고 계속 일을 하다가 늙어서 나중엔 한줌의 흙이 되는 것. 일찍

시작한 사회생활에서 내가 본 것은 이러한 정해진 길을 따라가는 사람이 제법 많다는 것이었다.

물론 안정적이라는 장점을 가진 직업의 특성도 있겠지만, 많은 또래가 입사와 동시에 경쟁이라도 하듯이 당연하게 나이가 찼으니 결혼을 했고, 당연하게 아이를 낳았다. 삶에 굴곡이 있는 나로서는 저렇게 인생에서 정해진 길을 그대로 따라가는 사람이 많다는 사실이 신기하기도 했고 평범하게 살 수 있음이 부럽기도 했다. 정해진 삶의 길마저도 따라가는 것이 벅찬 것이 요즘인데, 안정을 부정하는 내가, 결혼과 출산도 인생 리스트에 없는 내가 비정상은 아닌지 가끔은 불안해지기도 했다.

하지만 A도, B도, 나도 매일 같이 반복되는 버텨내는 현실보다, 정해진 삶의 길에 비해 조금은 다를지도 모를 미래를 위해서 런던에 왔을 것이다. 누군가는 비싼 돈 주고 허울 좋은 명분만 만든다고 할지도 모르겠지만, 돈을 주고 산 삶만은 아니기에, 현실에서 감내해야 할 것들을 안고 왔기에 변화라는 단어가 반갑다.

모든 것이 낯설고 색다른 이곳에서 시작되는 새로운 도전과 곳곳에 기다리고 있는 모험은 아등바등 버텨낸다기보다는 스스로가 선택한 비싼 모험이기에 후회 없이 도전해본다라는 마음으로 오늘도 열심히 부딪혀 보고, 하루하루 달라질 나를 기대해본다.

어릴 땐 어른이 되면 하고 싶은 것 실컷 하고 살면서 인생이 완성되는 줄 알았고, 대학생 땐 밥벌이할 직장만 잡고 나면 인생이 완성

되는 줄 알았다. 직장인이 되고 나니 돈 벌면서 인생 아무 고민 없이 그렇게 평생 직장만 다니면서 살면 되는 줄 알았는데, 여전히 나의 삶은 숱한 고민들로 현재 진행형이다.

처음 이곳에 올 때는 딱 6개월만 살고 싶었던 인생을 원 없이 살고, 당연히 원래의 자리로 돌아갈 거라고 생각했는데, 내가 만나는 사람들, 내가 만나는 풍경, 매일 같이 일어나는 해프닝은 끊임없이 나에게 새로운 질문들을 만들어낸다. 아무 생각 없이 매일 하하 호호 웃고 즐기고 사는 것 같지만 오히려 이곳에 오고 나서 일기장에 써 내려가는 고민은 더 많아졌다.

앞으로 내가 걸어가야 할 길, 남들이 다 괜찮다고 이야기하는 나의 직장도 걱정이고, 직장 동료가 돌아가셨다는 이야기를 들으면서 현실에 만족하는 삶이 맞는 삶인지 아니면 내가 살고 싶은 삶을 사는 게 맞는 삶인지 계속 고민이다. 아마 죽을 때까지 수많은 고민을 스스로 만들며 살겠지만 지금까지 해온 선택들이 결국 내가 가야 할 길로 이끌어왔다고 믿는다.

확실한 건 나이가 들고, 직장에 정착하고 시간이 지날수록 내가 감당해야 할 짐은 점점 늘어나지 줄어들지는 않는다는 것이다. 그것이 가족이 되었든, 직장에서의 위치이건, 나의 미래이건. 분명 그 짐은 나 혼자에 국한된 문제가 아니라서 쉽게 내던져버릴 수 없는 책임일 테니까. 그러니 도피일지 모험일지도 모를 이 생활도 열심히 즐겨야겠다.

아는 영어도 당황해서 못 알아듣는 나를 향한 은행원의 경멸하는 표정도, 포크가 필요해서 포크(fork)를 이야기했는데 "우리 가게에 고기(pork)는 팔지 않아."라는 점원의 답변도. 매일 아침 눈뜨면서 시작되는 이곳에서의 예측 불가능한 오늘도.

한 가지 분명한 건,

이곳에서 나는 또 한 번 성장하고 있다는 것.

문화
충격

런던은 말 그대로 다문화의 도시이다. 다
양한 인종, 다양한 국가에서 온 사람들, 길을 걸으면서도 영어가 아
닌 다른 나라 언어를 더 많이 들을 수 있다. 그래서 가끔은 내가 영
어를 배우러 왔는데 스쳐가는 일상 속에서 영어를 듣는 일이 너무
적은 게 아닌가 싶은 생각이 든 적도 있다.

영어를 배우는 어학원에는 대부분 스위스, 독일, 이탈리아, 프랑
스에서 온 유럽 친구들이고, 그 다음으로 칠레, 브라질 등 남아메리
카에서 온 친구들, 그리고 나처럼 아시아권인 한국, 일본인 친구들
이다.

일반화를 할 수는 없지만 내가 만났던 이탈리아인 친구들은 늘

여유가 있고 쾌활하고, 스위스, 프랑스에서 온 친구들은 먼저 말을 걸기 전엔 새침데기처럼 있지만 친해지고 나면 정이 많은 친구들이다. 독일인 친구들은 정말 규칙을 철두철미하게 지키고, 농담마저도 진지하게 해서 당황한 적이 꽤 있다.

남아메리카 친구들은 긍정 에너지가 가득했고, 얼굴엔 늘 웃음과 미소를 머금고 있다. 말도 굉장히 많고 정도 참 많아 늘 무엇이든 친구들과 공유하는 것을 좋아한다. 일본인 친구들은 대체적으로 조용하고 수줍음이 많다. 말 그대로 글로벌한 이곳에서 30년을 평생 대한민국에서 살아온 내가 겪는 문화 충격은 제법 컸다.

어학원 수업이 보통 이른 아침에 시작해서 점심시간쯤 끝이 나는데, 아침을 거르고 오거나 적게 먹고 오는 친구들은 늘 간식을 준비해 와서 쉬는 시간에 먹곤 했다. 하루는 독일인 친구가 늘 그렇듯 쉬는 시간에 홈스테이 엄마가 도시락으로 싸준 팬케이크를 먹고 있었다.

그 맞은편에 스위스인 친구는 아까부터 배가 고프다며 중얼거렸다. 한국 사람의 관점에서는 맞은편 친구가 배가 고프다고 이야기하면 예의상이라도 "이거라도 먹어볼래?" 하고 권해볼 텐데 독일 친구는 아랑곳하지 않고 꾸준히 간식을 먹었고, 스위스인 친구도 절대 그 친구의 음식에 손을 댈 생각은 하지 않았다. 그는 점심시간이 될 때까지 수업시간 내내 물을 마시며 배고픔을 참아냈다.

처음 이 광경을 접했던 날은 사실 이게 서양에서 말하는 진짜 개인주인가라는 생각에 적지 않은 충격이었다. 처음엔 그 독일인 친구가 개인주의가 유독 심한 사람일 것이라 생각했는데 나중에 알고 보니 대부분의 유럽인 친구들이 그랬다.

펍을 가도 다 같이 술만 마시다가 어느 한 사람이 배가 고파서 음식을 주문하고 나머지 사람들은 음식은 생각이 없어 계속 술만 마실 때, 그 음식을 주문한 사람은 친구들에게 맛이라도 보라는 식의 권하는 말을 하지 않았고, 친구들도 그 사람의 음식에 손을 댈 생각을 하지 않았다.

반면에 남아메리카 친구들은 달랐다. 그들은 과자 한 조각이라도 옆 친구와 나눠 먹으려 했고, 식당을 가든 카페를 가든, 늘 함께 있는 사람을 챙겼다.

가끔은 개인주의의 긍정적인 점을 발견할 때도 있었다. 한국에서는 당일 약속을 잡는 일이 거의 없었다. 사무실 스케줄도 있거니와 각자 바쁜 삶이기에 미리부터 만날 날을 정하는 건 당연지사였다. 어쩔 땐 당일 약속이 깨지면 피곤했는데 잘됐다고 기뻐하기도 했다.

하지만 이곳에 와서는 그날 급작스럽게 만들어지는 무엇인가가 많았다. 오늘 날씨도 좋은데 놀러 갈래? 오늘 심심한데 어디 같이 가지 않을래? 갑자기 단체 채팅방에 '낮잠 자고 일어났는데 아직도 하루가 남았는데 누구 나랑 놀지 않을래?' 등이었다.

처음엔 친구들이 하나둘 이벤트에 모이기 시작하고, 나도 초대를 받으면 덜컥 겁부터 났다. 바로 어떻게 거절해야 할지 몰라서였다. 한국에서는 거절을 한다는 것이 정말 쉬운 것이 아니다. 아무리 친한 사이일지라도 오늘 갑자기 가기 싫어졌다는 이유로 약속을 거절하기는 힘들다. 거절을 하더라도 이 사람과의 관계에 대해 그리고 나중에 다른 이벤트에서 배제 당하지 않을지 등 온갖 상황들을 가정하며 걱정을 한다. 그러나 이곳의 친구들은 있는 그대로 자신의 기분과 상황을 이야기했고, 초대를 한 사람도 거절을 아무렇지 않게 받아들였다. 말 그대로 '나 오늘 피곤해서 집에 갈래.'라고 말할 수 있었다.

거절을 했다고 해서 그 사람을 다음에 다시 초대하지 않는 것도 아니었고, 상대방이 기분 나빠 하지도 않았다. 말 그대로 너는 너고 나는 나였다. 실제로 이 문화에 익숙해지고 나서는 있는 그대로 나의 기분을 말할 수 있다는 것이 엄청난 권리를 획득한 것만 같았다.

하루는 반 친구들과 수업을 마치고 타워브릿지 도개식을 보러 갔다. 타워브릿지는 하루에 네 번 정도 상부 방향으로 혹은 하부 방향으로 도개식을 했다. 다리가 잘 보이는 템즈 강변 펍에 자리를 잡고 앉아 도개 시간을 기다렸다. 첫 번째 도개는 얼마되지 않아 볼 수 있었다. 나와 다른 한국인 친구는 이제 도개 봤으니 슬슬 자리를 옮기지 않을까 생각을 했다. 맥주도 다 바닥이 났기 때문이다.

하지만 친구들은 좀처럼 움직일 생각을 하지 않았다. 그들은 다음 번 도개를 기다린다고 했다. 정확히 말하면 방금 전 도개는 상부로 열리는 도개였으니, 하부로 열리는 것을 봐야 한다는 것이었다.

중요한 건 다음 도개가 앞으로 4시간 정도 후에, 해가 지고 나서야 있다는 것이었다. 결국 나와 한국인 친구는 먼저 자리를 떴고 다음 날 친구들에게 물었다.

"너네 어제 그래서 하부 도개식 봤니?"

"물론이지. 해가 지는 것도 보고, 도개식도 보고 멋진 야경도 봤어."

"어머, 도대체 그럼 거기에 얼마나 있었던 거야?"

"우리가 두 시에 거기에 갔지? 거의 밤 9시 넘게까지 있었어."

한 장소에서 그렇게 오랜 시간을 앉아 같은 풍경만 바라보고 있었다는 것은 나에게는 있을 수 없는 일이었고, 시간을 효율적으로 쓰지 못 하는 것만 같았다. 나였다면 다른 곳을 둘러보고 시간 맞춰 다시 그곳으로 돌아왔을 텐데.

그들이 말하는 여유는 내가 생각하는 여유와는 완전히 다른 것이었다. 여유는 이곳에서의 일상에서도 찾아볼 수 있었다. 셀프 계산이 일반적인 이곳에서 내가 아무리 느리게 바코드를 찍고 물건을 천천히 주워 담아도 뒤에서 느껴지는 따가운 시선은 없다. 도로 위는 사람이 먼저였고, 대부분의 운전자가 보행자에게 양보를 했다.

어학원을 마치고 쇼트 코스를 위해 대학교에 갔을 땐 일본과 태국에서 온 친구들을 만날 기회가 많았다. 당시 같은 수강생 중에 태국에서 유명한 트랜스젠더 친구가 있었다. 구글에 검색하면 그녀의 프로필과 활동사진이 나올 정도로 유명한 친구였고, 여자가 봐도 정

말 아름다운 그녀였다.

　나는 스스로가 꽤나 개방적인 사람이라고 생각했는데 그녀가 급작스럽게 자신의 과거 사진 그러니까 남자 사진을 보여주며 "나 예전에도 예쁘지 않았니?"라고 묻는 말에 그녀가 트랜스젠더라는 것을 알고 있음에도 불구하고 말문이 막혔던 적이 있다. 그녀가 그녀의 남자친구를 소개해줄 땐 나도 모르게 남자와 남자라는 생각을 하지 않을 수 없었다.

　하지만 그녀와 함께 지내온 시간이 길어지면서, 그녀에 대해 하나둘 알아가면서 그녀를 차츰 이해하게 되었다. 트랜스젠더가 되기 전까지 혹독했던 삶, 트랜스젠더가 되어서도 감내해야 하는 사회의 시선과 바꿀 수 없는 법과 제도, 그럼에도 불구하고 당당히 그녀의 삶을 살아내 지금이 가장 인생에서 행복한 시기라고 말하는 그녀를 보면서 그녀도 보통 사람이라는 걸 깨닫게 되었다.

　특히 그녀가 남자친구로부터 프러포즈를 받고 행복한 미래 계획을 이야기해줄 때의 그 모습은 영락없는 여자였다. 그녀도 사랑할 자격이 있는, 사랑 받을 자격이 있는 여자였다.

　17살의 스위스인 친구 C가 그랬다.

　"난 하루도 쉴 틈 없이 새로움을 주는 런던이 너무 매력적이야. 다양한 국적과 각양각색 성격의 사람들, 그들이 만들어내는 문화가 나한테는 신선해. 그래서 난 어린 나이에 이런 문화를 체험할 수 있는 기회를 선물해준 부모님께 너무 감사해. 내가 언제 브라질에 사는 친구, 칠레에 사는 친구, 한국에 사는 친구들을 사귀어 보겠어? 난 십 대에 이곳에 와서 보낸 시간들을 평생 기억할 거야."

그녀의 말대로 우리는 똑같은 지구라는 행성에 살고 있는데 이렇게 다른 모습으로, 다른 삶의 방식으로, 다른 문화 속에서 살고 있다는 사실은 런던에서 지내는 동안 아주 손쉽게 접할 수 있는 배움이기도 했다.

나와 다른 이들을 통해서 그동안 내가 알아온 다양성의 의미를 새로 적립할 수 있었고, 나도 몰랐던 나의 편협한 사고와 마주하고, 있는 그대로 나와 다른 이들을 바라볼 수 있는 눈을 갖게 되었다. 그들이 삶을 살아가는 방식은 늘 어떻게 살지를 고민하는 나에게 적지 않은 영감을 주었다.

나는 이 넓은 세상 속 아주 작은 존재이며, 나보다 잘난 사람도 많고, 못난 사람도 많지만, 나와 같은 사람은 지구상 어디에도 없다는 것. 그러니 남들 시선 신경 쓰지 말고 당당하게 나로서 살아도 괜찮다고 말이다.

지구 반대편
나의 선생님,
나의 친구

　　　　　　생각해보면 학창 시절에는 선생님을 좋아
해본 적이 없었다. 어학원에서 한 달이 지나고 상급반으로 가게 되
면서 선생님도 바뀌었는데, 그때부터 어학원에 가는 것이 전보다 더
기다려졌다. 내 눈엔 훈훈하고, 푸근하고, 인자한 선생님.

　수업 시간에도 그의 목소리와 영국식 발음에 푹 빠져서 똘망똘
망 눈을 반짝이며 격하게 반응하면서 열심히 수업에 참여했다. 한
국에서처럼 선생님을 선생님(Teacher)이라고 부르면 "YES, Stupid
student."라고 대답하시며, 자신은 선생님이 아니라 친구이자 자신
의 모국어인 영어를 우리에게 전파하는 사람이고, 본업은 웹디자이
너라고 말씀하셨다.

한국에서는 선생님의 이름을 부르는 것은 무례할 뿐더러 상상도 할 수 없는 일이라서 이름을 부르기엔 시간이 걸릴 것 같다고 이야기하면 "그래, 한국 문화는 알지만, 그래도 여긴 런던이잖니?"라고 이야기하시던 선생님. 나이가 제법 있으셔서 "아빠 같아서 좋아요."라고 이야기하면 인상을 찡그리며 "결혼도 안 한 남자에게 아빠라니!"라고 일침을 가하기도 했다. 물론 동거 문화가 흔한 이곳에서 그가 '아내' 대신 '나의 여자 친구'라고 이야기할 땐 나뿐만 아니라 유럽 친구들도 적응이 안 되긴 했지만.

날씨 좋던 런던의 여름 어느 날. 학원에서 보트를 빌려서 크게 파티를 하던 날이었다. 평소와는 다르게 검정색 재킷에 청바지, 멋진 구두를 신고 나타난 선생님. 먼저 도착해서 기다리고 있던 우리 반 학생들을 한 명 한 명 안아주셨는데, 나는 그 기회를 놓치지 않고 사심을 가득 담아 푹 안겨보았다.

그날 함께 찍은 사진 속 나의 모습을 본 플랫 메이트가 "언니 눈에서 꿀 떨어져"라고 할 정도로 짝사랑 비슷한 것을 했던 듯하다.

그는 실제로 수업도 정말 잘 이끌었다. 함께 수업을 듣던 친구들도 입이 마르고 닳도록 우리 선생님 너무 좋다며 칭찬을 아끼지 않았다. 급기야 런던에서 잘 나가는 우리나라 축구선수 부모님의 영어 교습을 위해 개인 교사로 뽑혀 가기도 했다. 비록 선생님은 웨스트햄 팬이었지만 일을 위해선 토트넘을 포용하겠노라 하시며.

선생님을 만난 후부터 나의 영어 실력도 단시간에 상향선을 그리기 시작했다. 이 레벨에서 더 이상 발전이 있을 수 없다는 것을 스스로 느낄 정도였다. 선생님에게 레벨을 바꾸는 것에 대해 어떻게 생각하냐고 물었을 때, 망설임도 없이 "너는 더 높은 곳으로 가야 해. 그곳에서도 충분히 잘 해낼 거야!"라고 격려를 해주셨다.

내가 스피킹이 아직도 부족한 것 같다고 고민하니, 반 친구들 앞에서 특정 문법을 설명하고 이해시키라는 미션을 주시기도 했다. 수업을 하라는 숙제에 그 전날까지 잠도 제대로 못 자면서 과연 내가 해낼 수 있을까 걱정했지만, 그 계기로 영어 실력이 많이 성장했고, 자신감도 얻었다. 7월 나의 생일엔 친구들과 함께 생일 축하 노래를 불러주신 것도 모자라, 자신의 제 2외국어인 스웨덴어로 노래를 불러주셔서 잊지 못할 생일의 추억을 만들어주셨다.

레벨을 변경하고 나서는 나를 가르쳐주신 선생님이 너무 고마워서 플랏 메이트와 함께 선물을 고르고, 카드를 손수 만들어 이벤트를 준비했다. 한 글자 한 글자 그동안의 고마움을 생각하면서. 선생님으로서 그를 좋아하는 나의 마음을 다 표현하기에는 모자랐지만, 선물을 받아들고 놀라서 환하게 웃으시던 선생님의 모습에 나는 또 한 번 반하지 않을 수 없었다.

그렇게 어학원에서의 15주라는 시간이 흘렀고, 어학원을 떠날 시간이 다가왔다. 평소와 다를 바 없었던 수업시간이었고, 내가 사랑하는 선생님으로부터 파이널 리포트와 수료증을 받아들 때도 마지막이라는 게 실감나지 않았다. 다른 친구들과 달리 나의 리포트엔

구구절절 선생님의 긴 코멘트가 적혀 있었다. 당장 읽어 보고 싶었지만 설레는 연애편지처럼 느껴져서 집에 돌아가서 혼자 읽어보고 싶었다. 나의 것은 왜 이렇게 긴 것이냐며 친구들의 시기 어린 질투를 받았을 땐 내가 그래도 그에게 특별한 제자였다는 생각에 내심 기쁘기도 했다.

선생님이 학생들 한 명 한 명을 따뜻하게 안아주실 때서야 작별을 체감했다. 내 차례가 되었을 때는 결국 눈물을 보이고 말았다. 선생님과 헤어져서라는 이유도 있겠지만, 목표한 레벨로 잘 마쳤다는 홀가분함과 정든 친구들과 헤어짐, 런던 생활의 한 페이지가 끝났다는 서운함. 그동안 마음속으로 꾹꾹 눌러오던 감정이 한꺼번에 터진 것만 같았다.

내가 울기 시작하자 선생님은 예상하지 못한 장면에 당황해서 어쩔 줄 몰라 하셨다. 방황하던 그의 갈색 눈썹과 파란 눈동자는 오래오래 기억하고 싶은 한 장면으로 남아 있다. 그가 가르쳐 준대로, 그에게 열심히 배운 만큼 구구절절 멋진 문장을 이야기하고 싶었지만, 목구멍까지 가득 찬 눈물을 겨우 진정시키고 할 수 있었던 말은 "당신은 내 인생 최고의 선생님이었어요!"였다.

집으로 돌아와 집주인 언니, 플랫 메이트와 함께 파이널 리포트에 적힌 코멘트를 읽었다. 언니가 말하길 이건 정말로 신경 써서 써 준 거라고 이야기했다. 아마 선생님에게도 내가 특별한 학생으로 남았을 거라고. 대부분의 학생들이 짧게 머물다 떠나가고, 한국인들처럼 정이 많지 않은 친구들 사이에서 수업시간마다 열심히 듣고 따라와 준 나를 그도 오래 기억할 것이라고. 그래서 아마도 이건 그가 나에게 주는 최고의 선물이라고 말이다.

나를 가르친 건 당신에게 행운이었다는 것과 나의 미래에 많은 행운을 기원한다는 마지막 줄 코멘트는 정말 별말 아닌데도 지금도 눈물짓게 만든다.

선생님과 수업이 두 달 차에 접어들었을 무렵 우리 반에 브라질에서 새로운 친구들이 왔다. 둘은 부부였고 브라질에서 공무원을 하는 친구들이었다. 나보다 한참 나이 많은 언니, 오빠였지만 같은 직업을 매개로 우리들은 금세 친해졌고, 런던에서 둘도 없는 친구가 되었다.

공부에 대한 열정도 커서 셋이서 수업이 끝나면 남아서 신문을 가지고 스터디도 하고, 좋은 공부 자료가 있으면 공유하고, 런던 유명 서점을 찾아다니며 하루 종일 여러 종류의 책을 접해보기도 하고, 맛있는 것도 많이 먹으러 다녔다.

내가 행복할 때 나를 꼭 안아주며 내가 행복해 보여서 너무 좋다고 말해주기도 했고, 슬픈 일이 있으면 혼자 울면서 술 마시지 말고 언제든지 전화하라고 말해주곤 했다. 내가 남자 문제로 속을 끓이고 있을 땐 친여동생 생각하듯이 조언을 아끼지 않았고, 누구보다 내가 런던에 온 이유를 제대로 이해해주었기에, 런던에 온 본연의 이유를 잊고 한눈을 팔고 있다 싶으면 따끔하게 바로 잡아주기도 했다.

한국으로 돌아가기 이틀 전이었을 거다. 친구들은 내가 돌아가기 전에 자신들이 사는 동네에 맛있는 빵집이 있으니 빵 좋아하는 나를 데리고 꼭 가고 싶다며 초대했다. 나도 그들을 위해서 뭔가 해주고 싶었다. 브라질 친구 부부는 런던에 머문 시간이 5개월에 접어들었음에도 부부가 함께 찍은 제대로 된 사진이 없었다. 내가 잘하지는 못하지만 즐겨 하는 것이 사진 찍기 아닌가. 작별 선물로 그들을 위해 스냅사진을 찍어 앨범을 만들어 선물해주기로 했다.

그렇게 시작된 우리의 마지막 런던 나들이. 맛있는 빵도 실컷 먹고, 비틀즈가 걸었던 애비로드 횡단보도를 함께 건너보고, 런던 곳곳을 누비면서 우리들의 추억을, 부부의 추억을 하나둘 사진으로 담았다. 그러다 지나가던 길에 아기자기한 기념품 상점을 마주쳤다. 바깥에 서서 구경하고 있는데 친구가 내 손을 잡아 이끈다. 그리곤 나에게 액자 하나를 들어 보여준다.

"FRIENDS FOREVER. NEVER APART. MAYBE IN DISTANCE. NEVER IN HEART."

보자마자 왈칵 눈물이 쏟아져서 그 앞에서 그녀를 안고 펑펑 울었다. 친구도 같이 울었다. 서로 헤어지는 게 아쉬운 건 마찬가지였다. 런던이라는 이곳에서 우리는 서로에게 정말 소중한 존재이자 추억이었으니까. 내 손을 꼭 잡고 그녀가 이야기했다.

"내가 어학원에서 가장 행복했던 시간이 언제인 줄 알아? 너랑 조이스랑 빅토리아랑 이안 선생님 클래스에 있을 때, 그때 제일 많

이 배웠고 행복했던 시간이었어. 너를 만나서 고마웠고 런던에서 행복한 시간 만들어줘서 고마워. 네가 없었다면 런던이 이렇게 좋지 않았을 거야. 한국에 돌아가서도 네가 무엇을 하든 잘 될 거야. 하고 싶은 것 하고, 살고 싶은 삶을 살아. 울지 마. 네가 우는 걸 보면 내 마음도 아파. 눈물 흘리는 일보다 행복한 일들만 너에게 가득했으면 좋겠어. 그리고 우리 오늘이 마지막이 아니야! 우린 네가 런던 떠나는 날 공항에 같이 갈 거야! 작별인사는 그때 하는 거야 알았지?"

런던에 혼자 왔듯이, 떠나는 날도 이 많은 짐들과 추억을 다 들고 혼자 갈 것이라 생각했는데, 친구 부부 덕분에 런던을 떠나던 날이 그리 외롭지만은 않았다. 내가 런던에서 만난 소중한 인연들. 런던 정착 초반에 만나서 떠날 때까지 인연을 이어온 선생님과 브라질 친구 부부. 언어가 달라도, 완벽한 영어가 아니라도 사람이기에 서로가 진심이라면 우린 감정으로 의사소통할 수 있다는 걸 알았다.

6개월이란 짧지 않았던 시간들. 그리고 참 좋은 사람들. 그들이 있어서 더 행복했던 하루하루였다. 나의 소소한 일상과 고민을 나누고 가족처럼 함께 저녁을 먹으며 편안한 일상을 이어갈 수 있었다.

언젠가 우리 집 플랫 메이트와 그런 이야기를 했다.

"나 런던에서 너무 좋은 사람들만 만난 것 같아."

"그건 언니가 좋은 사람이라서 좋은 장소와 좋은 사람 이 모든 것이 공존한 거야. 그게 언니 본연의 모습인 거야."

서른 번째
생일

　　반짝 여름 더위가 지나간 런던의 7월. 한국
은 폭염이라고 하지만 이곳에선 일주일간의 폭염이 물러간 뒤엔 다
시 가을 같은 날씨. 제법 쌀쌀해서 부츠에 가죽 재킷을 입어도 이상
하지 않은 7월이다. 나에게 7월은 특별한 달이다. 내 생일이 있는 달
이기 때문이다. 이번 생일이 조금 더 특별하게 느껴지는 건, 조금 더
설레는 건, 내가 런던에 있기 때문일 것이다.

　한국에서도 그랬지만 늘 혼자 다니기 좋아하고 평소에는 집순이
생활을 좋아하는 나는, 생일이면 꼭 평소에 가지 못하는 레스토랑을
예약해서 근사하게 한 끼를 먹곤 했다. 흔히들 말하는 나에게 주는
선물 같은 것이었다. 그 선물을 이 런던에서 어떻게 줘야 할지, 생각

만으로도 생일 2주 전부터 이미 신나 있었다.

어학원 가는 길목에 위치해서 매일 같이 지나다니면서 보던 어느 레스토랑. 진작부터 그곳은 생일에 반드시 오겠노라 점찍어둔 곳이었다. 인터넷으로 예약을 하면서 특이사항에 "내 생일입니다."라고 적었다. 내 생일이라고 광고하는 게 스스로도 웃음이 났지만, 그렇게라도 런던에서 맞이하는 생일을 누군가에게 알리고 싶었다.

생일 이틀 전엔 어학원에서 만난 한국인 동생들이 나를 위해 생일 파티를 열어주었다. 함께 요리를 하고, 처음 보는 동생들의 친구들과 둘러앉아 생일 축하 노래를 부르고, 생일 케이크에 소원을 가득 담아서 촛불을 끄고, 밤새도록 끝나지 않는 대화를 나눴다. 한국 땅에서도 만나지 못했을 인연들을 지구 반대편에서, 내 생일을 축하해주기 위해 겸사겸사 모였으니 고마울 따름이었다.

버스를 타고 집으로 돌아오는 길은 참으로 이상하고도 신기한 풍경이었다. 매일 보는 풍경임에도 여전히 적응되지 않는 야경, 그리고 지금 내 옆에 앉아 있는, 오늘 처음 봤다는 게 무색할 정도로 친근한 사람들. 서른 살의 생일을 런던에서 맞이한다는 건 그런 꿈꾸는 기분 같은 것이었다.

진짜 생일날 아침이 밝았다. 핸드폰을 보니 이미 오늘이 먼저 시작된 한국에서 온 생일 축하 메시지가 나를 반긴다. 휴직을 했음에도 불구하고 나를 잊지 않고 메시지를 보내준 친구들과 동료들이 고마웠다.

한편으로는 실망이 많았던 사회생활이었지만, 그곳에 내가 없어도 나를 생각해주는 누군가가 있다는 사실은 그래도 직장생활을 헛되게 하지는 않았다는 작은 위로이기도 했다.

매년 생일 아침이면 엄마가 차려주시던 찰밥과 미역국은 없었지만, 내가 좋아하는 시리얼과 빵으로 생일상을 대신하고 즐겁게 어학원으로 나섰다. 여느 때처럼 반가운 얼굴들, 아침에 가장 먼저 하는 안부 묻기를 시작으로, 가장 친한 친구인 브라질에서 온 T에게 오늘이 내 생일이라고 이야기를 했더니 나를 꼭 안아준다. L과는 주말에 무엇을 했는지 이야기를 하다가 한국인 친구들이 생일 파티를 해주었고, 오늘이 생일이라고 이야기했더니 냉큼 선생님에게 오늘이 내 생일이라고 귀띔해준다.

이곳에서 만난 최고의 스승이자 짝사랑 같은 분. 그는 L이 전해준 뉴스에 눈이 동그래지더니 생일 축하 노래를 부르자고 외치셨다. 친구들과 선생님이 모두 생일 축하 노래를 부르기 시작했다. 각자의 나라에서 언어는 다르지만 멜로디는 똑같은 누구나 다 아는 생일이면 부르는 노래, Happy Birthday. 우리는 영어라는 언어로 하나가 되었다.

선생님은 이것으로 부족한지, 자신의 제 2외국어인 스웨덴어로 노래를 한 번 더 불러주셨다. 그 순간만큼은 내가 이 세상에서 가장 행복한 사람이었고, 내 인생에서 가장 행복한 생일이었다. 살면서 다양한 나라에서 온 친구들로부터 생일 축하를 받아볼 거라곤 생각해본 적도 없었으니까.

수업이 끝나고, 미리 예약한 레스토랑으로 달려갈 준비를 했다. 파리에서 온 J는 오늘 생일인데 특별한 계획이 없으면 자기가 같이 놀아주겠노라고 이야기를 한다. 그런 말이라도 해주는 친구가 고마웠다. 이곳에서 우리는 학교를 나가는 순간부터 혼자가 되니까 생일날 혼자서 보낼 외로움을 생각해준 친구의 따뜻한 배려였다. 오늘 하루 즐겁게 보내라는, 식사 맛있게 하라는 친구들의 유쾌한 인사를 뒤로하고, 늦지 않게 레스토랑에 도착했다.

원래 음식은 아무거나 다 잘 먹고 금액에 관계없이 뭐든 내 입엔 다 맛있는지라 맛있게 먹었다. 와인이라도 한 잔하고 싶었지만 가난한 학생의 주머니에서 와인까지 지불할 능력은 없었다. 그저 집에 가는 길에 마트에서 한 병 사가지라며 스스로 위로를 하고 있던 찰나, 스텝 아저씨가 와인 병을 들고 다가오시더니 "오늘 생일이지?"라고 하시며 이건 생일 축하 선물이라며 빈 와인 잔을 가득 채워주셨다. 맛있는 식사를 마치고 이제 일어나려고 하니, 스텝 아저씨가 아직 선물이 남았다며 촛불을 붙인 앙증맞은 케이크를 하나 가져다주신다. 그리곤 'HAPPY BIRTHDAY'라고 조용히 속삭여주셨다. 지나가던 다른 스텝들도 생일 축하한다는 말을 건넸다. 예약할 때 내 생일을 광고하기 잘 했구나 싶었다.

만족스러운 점심식사를 마치고 남은 반나절의 생일은 친구들을 만나 내가 이곳에서 가장 좋아하는 거리, 사우스뱅크에서 빅벤까지

의 거리를 마음껏 거닐었다. 사진도 찍고 정말 하고 싶은 대로 마음껏 하루를 즐겼다. 오늘 하루를 기억하기 위해 열심히 일기를 쓰던 늦은 시각이었을 것이다. 저 멀리 콜롬비아에서 P가 전화를 걸어왔다. 지난 봄, 부산에 여행을 왔던 그를 반나절 가이드해준 게 고작인데, 이렇게 친구가 되어 내 생일을 챙겨주겠다던 약속을 잊지 않고 전화를 걸어주었다. 그렇게 잠들기 전까지 태어나서 가장 많은 생일 축하를 받아 보았던 하루.

2017년 새해를 맞이하던 날, 혼자 해돋이를 보러 갔었다. 그 자리에 있던 모든 사람들처럼 조용히 기도했다. 서른 살을 꼭 멋지게, 내가 하고 싶은 것 마음껏 하면서 후회 없이 보낼 거라고 말이다. 더 이상 이십 대가 끝났다고 슬퍼하지 말고, 더 멋진 내가 되자고. 그리고 몇 달 뒤 나는 지난날 그저 이루지 못했던 꿈이라 생각했던 것을 이루기 위해 지구 반대편으로 날아왔다. 오늘, 꿈에 그리던 곳에서 새로운 사람들과 서른 살 생일을 보냈다.

그렇게 되고 싶지 않았던 서른 살이었지만, 이제는 받아들여야 할 것 같았고, 더 이상 슬프지도 않았다. 이곳에서 만난 사람들은 나는 아직 젊고, 나이는 숫자에 불과하다고 이야기한다.

뒤돌아보니 참 힘들고, 고단하고 억지로 웃으려고 노력하던 이십 대였는데, 그때가 있었으니 지금의 내가 있다. 그때의 상처들이 아물기에는 아직도 시간이 필요한 것 같지만 그 또한 내가 겪어야 할 성장의 과정이라면 그렇게 받아들여야 할 것이다.

앞으로도 지금처럼, 언제나 내 마음속 목소리가 이끄는 목적지로 용감하게 나아갈 수 있는 사람이 되기를 서른 살 생일에 빌어본다.

그 계절 너와 나의 꿈

○

○

○

네덜란드,
집 떠나 보면
알게 될 거야

        런던에서 비행기로 한 시간이면 만날 수 있는 자전거와 운하의 도시 네덜란드. 막연하게 런던에서 떠나는 나의 첫 여행은 무조건 주말에 떠나는 네덜란드여야 한다고 생각했었다. 그리고 네덜란드는 꼭 캐리어 말고 배낭 하나로, 빡빡한 계획보다는 지도 한 장 무계획으로 가겠다고 늘 꿈꿔왔다. 그렇게 용감하게 배낭 하나에 나 자신 하나만 믿고 도착한 런던 루튼 공항.

  공항인지 시장인지 구분이 가지 않을 정도로 작은 공항 규모에 비해 몇 배나 되는 사람들이 붐벼 걸을 공간조차 모자랄 정도였다. 대기석이라든지 상점이라든지 앉아서 다가올 여행을 상상하거나 잠시나마 휴식을 취할 공간도 허락되지 않았다. 그 찰나에 도착한 문자. 비행기가 3시간 지연된다는 소식이었다. 그때까지만 해도 '운이 없네.'라고만 생각했다.

사실 여태 여행을 다니면서 정말 심각한 지연이란 건 한 번도 겪어 보지 않았고, 나는 늘 예외라고 생각했다. 나의 여행길엔 언제나 하늘 길과 날씨와 나의 안전을 담당하는 여행 신이 함께 한다고 믿었기 때문에. 이 또한 여행 신이 알려준 길이라고 생각하며, 3시간 지연에도 그저 멍하니 공항 바닥에 주저앉아서 지나가는 사람들을 구경했다.

도착하면 밤 11시이고, 숙소가 있는 시내까지 들어가는 기차가 끊길지도 모르는 시간임에도, 숙소로 가는 기차 편도 제대로 파악하지 않았다.

런던에 지내게 되면서, 이곳에서 유럽 친구들과 어울리면서 변한 나의 성격이라고나 할까. 글쎄. 무언가 급한 일이나 위기 등이 닥쳐도 그저 느긋하고, 코앞에 닥치면 '실전에서 어떻게든 해결되겠지.'라는 마인드로 지내게 되었다. 과거에 철두철미의 대명사였던 나였는데, 근거 없는 자신감과 용기만 날로 커지고 있는 중이었다.

어쨌든 2시간 40분 정도 지연 끝에 비행기는 이륙했고, 밤늦은 11시쯤 네덜란드에 도착했다. 시내 중심으로 가는 기차의 막차 시간이 임박했고, 표 발권 창구는 사람들 대기 줄이 어마어마했다. 기계에서 발권을 시도했으나 어떤 티켓을 사야 하는지 제대로 알아보지 않았기에 결국 나는 엉뚱한 표를 비싸게 발권해버렸다. 그리고 플랫폼을 찾으려고 하니, 눈앞이 캄캄했다. 수많은 플랫폼 입구, 전광판에 뜬 네덜란드어와 신호가 잡히지 않는 핸드폰 속 지도.

기차 시간은 임박해 오는데 도움 청할 사람은 보이지도 않고, 우여곡절 끝에 때마침 지도가 신호를 잡기 시작해서 겨우 마지막 기차에 탑승할 수 있었다. 이제 남은 것은 1분 만의 환승만 잘 하면 되는 것이었다. 하지만 환승은 내가 생각했던 것처럼 간단한 것이 아니었다. 환승 플랫폼이 내가 내린 기차의 반대편 플랫폼에 있었다. 계단을 내려가 다시 올라와서 환승해야 하는 거리. 1분으로는 말도 안 되는 시간이었던 것이다.

나는 그렇게 눈앞에서 환승 기차를 놓쳤다. 전광판에 그다음 기차 정보는 뜨지 않았다. 새벽 12시 51분이라는 시계만 깜빡거리고 있었다. 그리고 플랫폼에는 배낭 하나 맨 채 집 떠나와 고생하고 있는 나 혼자뿐이었다.

이런 위기는 여행하면서 한 번도 겪어 보지 않았던 일이라서 당황스러웠다. 아무런 생각도 나지 않았다. 그때 저 멀리 계단을 올라오는 발소리가 들렸다. 키 큰 중절모 신사가 나에게 말을 걸었다.

"기차 떠났니? 이런 그게 막차였던 거니? 여기 너랑 나만 남았구나."

"네. 눈앞에서 놓쳤어요. 시내로 가야 하는데 어쩌죠?"

"우선 시간표를 한번 보자꾸나. 따라오렴."

신사를 따라 열심히 걸어온 계단을 내려가니 시간표와 지도가 보인다. 기차역은 이제 막차와 손님을 다 보내고 문 닫을 준비를 하고 있는 중이었다. 신사는 직원들에게도 뭐라 뭐라 물어보았고, 시간표를 보더니 한숨을 쉬며 이야기하신다.

"우린 막차를 놓쳤어. 너는 공항으로 돌아가서 다시 시내로 가는 방법을 고려해볼 수도 있지만 그마저도 기차가 없구나. 다행히 나는 집으로 돌아갈 수 있는 열차가 아직 한 대 있어. 어쩔 수 없으니 역 밖으로 나가서 택시를 잡아보렴. 그럼 시내까지 금방 갈 수 있을 거야. 행운을 빌어."

"고마워요 아저씨! 안녕히 가세요!"

아저씨와 헤어지고 역사 밖으로 나온 나는 상황이 더 심각하다는 것을 깨달았다. 우리나라나 런던처럼, 역 밖에 택시가 줄을 서서 기다리고 있을 줄 알았는데, 택시는커녕 가로등도 달랑 하나, 지나다니는 사람도 하나 없는 말 그대로 도시 외곽 허허벌판에 위치한 기차역이었다.

새벽 한 시가 넘었고 두 시를 향하는 시간. 우버 택시를 찾아보았지만 근처에 있을 리 없었다. 정신을 차리고 내 주변에 무엇이 있는지 살펴보았다. 누군가를 기다리는 듯한 백발의 할아버지, 또 누군가를 기다리는 검은색 승용차 한 대. 최후엔 저 승용차 주인에게 이야기해서 시내로 가면 제발 태워달라는 이야기라도 해야겠다는 생각을 했다.

그때 어두운 이곳을 비추며 승용차 한 대가 들어왔다. 놀랍게도 택시였다. 하지만 이내 택시 기사는 누군가의 이름을 부른다. 예약된 택시였다.

"혹시 네가 ○○이니?"

"그랬으면 좋겠지만 나는 아니야."

택시 기사는 다시 할아버지에게 질문했다. 할아버지는 고개를 절레절레 흔드신다. 그리곤 나에게 다시 질문을 한다.

"너 어디로 가니?"

"나? 시내에 있는 여기 숙소에 가야 해." 하며 숙소 정보가 적힌 주소를 보여주었다.

"어서 타! 내가 데려다줄게! 아무래도 예약한 손님이 먼저 가버린 것 같아. 저 할아버지는 할머니를 기다리고 있어서 혼자는 못 간다고 하시네. 얼른 타! 내가 너 데려다줄게!"

"정말! 나, 근데 현금이 없는데. 네덜란드 택시 현금만 받는 거 아니야?"

"걱정 마, 카드 기계 있어!"

택시는 어두운 도로를 쌩쌩 달렸다.

"네가 나를 구했어! 나 오늘 비행기 지연에 기차 놓치고 숙소에도 못 가는 줄 알았어!"

"너 완전 행운이야! 사실 오늘 공항에서 시내로 한 번에 들어오는 기차에 문제가 생겼어. 그래서 기차가 축소 운행되거나 빨리 운행이 끝났을 거야. 너처럼 많은 여행자들이 불편을 겪었어. 하지만 이제 걱정하지 마. 너는 안전해!"

여행 신이 택시를 나에게 보내 준 것인지, 운 좋게 나는 새벽 3시쯤 숙소에 도착할 수 있었다. 무계획 여행은 나와 어울리지 않음을 깨달은 길고 긴 밤이었다.

우여곡절 끝에 도착한 암스테르담에서 나는 이탈리아 피렌체에서 교환학생 생활 중인 S와 동행하게 되었다. 우린 오늘 처음 만났고 단 하루의 동행이었지만 끊임없이 이야기를 나누었다. 이탈리아 사람과 영국 사람의 특징들, 그 속에서 해외살이 초보인 우리가 겪은 이야기들, 그들로부터 배울 점, 그들의 자부심, 그러다가 앞으로 살아갈 인생의 방향 이야기까지.

그녀는 앞으로 인턴이든 워킹홀리데이든 런던에서 일해보고 싶다고 했다. 교환학생 프로그램도 학교에서 지원을 하나도 해주지 않아서 열심히 돈을 모아서 왔는데, 후회하고 싶지 않아서 왔고, 후회는 없다고 했다.

미래의 꿈에 대해 이야기할 때는 반짝반짝 빛나는 그녀의 눈을 바라보면서, 뻔한 이야기지만 젊을 때 할 수 있는 것, 하고 싶은 꿈다 펼쳐보라는 조언을 해주었다. 나이가 들면 그에 따라 책임을 져야 할 것도 많아지고 상대적으로 자유롭지 않은 것이 사실이니, 부모님이 지원을 해주시면 더욱 좋겠지만, 그렇지 못해도 후회 없이다 도전해보라고. 내가 지난 날 그녀의 나이일 때 그러지 못해 후회했고 뒤늦게 이렇게 도전하고 있으니까.

내가 인생 선배로부터 이런 조언을 듣던 날이 있었는데. 딱 그녀 나이 만할 때, 그땐 이런 이야기를 들으면서 책에 나오는 흔하고 쉬운 말을 하고 있다고 생각했지만, 그것이 정말 말처럼 쉽게 이룰 수 있는 것이 아니었다는 것을 깨닫고 있는 요즘, 내가 그녀에게 진심으로 해주고 싶었던 이야기였다. 우린 암스테르담 중앙역에서 작별 인사를 했다. 네덜란드에서 남은 여정과 앞으로 남은 각자의 해외 생활에 대한 축복을 빌며, 서로 꼭 안고 토닥거려주었다.

런던에 와서 처음으로 런던을 떠나본 여행. 이틀이라는 짧았던 시간. 하지만 우여곡절을 겪고, 길에서 만난 인연과 멋진 추억을 만들기에는 충분했다.

런던보다 아름다운 운하, 이국적인 풍경들, 친절한 사람들과 운하에 일렁이던 파란 하늘. 하지만 무엇인가 하나로 콕 집어서 말할 순 없지만 무언가 빠졌다는 걸 느꼈다. 지친 몸을 이끌고 숙소에 들어와 침대에 몸을 누이고, 눈을 감으면 떠오르는 그리운 풍경들이 있었다.

이십 대 중반에 여행을 떠나고 돌아오는 삶을 시작한 이후로, 집을 떠나서 나의 집이 그립다거나, 가족이 그립다거나, 돌아가고 싶다거나, 음식이 그립다거나 했던 적은 없었다. 런던에 살면서도 한국 집과 음식이 그립지 않은 것과 마찬가지였다.

하지만 네덜란드를 여행하는 내내 무엇인지 모르겠지만 알 수 없는 그리움에 휩싸였다. 처음 느껴보는 감정이었고, 그 감정은 아름다운 풍경과 하늘을 나는 기분에 휩싸였을 때도 불쑥 나를 찾아왔다.

런던으로 돌아가는 비행기는 지연 없이 나를 데려다주었고, 밤 12시나 되어 집으로 돌아가는 공항버스에서 곧장 곯아떨어졌다. 어디쯤 왔을까? 눈을 뜨니 창 밖으로 빨간색 이층 버스가 보이고, 하얀색 주택들이 보였다. 유리창 너머로 비치는 따뜻한 주황색의 불빛들. 그때의 묘한 기분을 말로 표현할 수가 없다. 정말 '집'에 돌아온 기분이었다.

여행 내내 나를 찾아온 그리움이라는 감정이 무엇인지 알 수 있었다. 네덜란드 거리에서 흔히 보는 파란색 트램 대신 런던을 누비는 빨간색 이층 버스가 그리웠고, 감자튀김 대신에 홍차와 스콘이, 플랏 메이트와 길을 걸으면서 먹던 1파운드짜리 감자칩이 그리웠던 거다.

그러다가 문득 곧 다가올 10월의 헤어짐이 떠올랐고, 공항에서 혼자 한참 동안 펑펑 울고 있는 내 모습이 그려졌다. 나는 분명히 이곳을 평생 그리워하게 될 것이다.

아침에 눈을 뜨니 내가 좋아하는 내 방 창문 사이로 햇빛이 쏟아져 들어온다. 바깥에선 주말이라고 바쁘게 세탁기를 돌리는 주인 언니의 분주함이 들린다. 집이다. 집에 돌아왔다. 언니에게 밀린 여행 이야기를 풀어놓았다

"언니, 암스테르담에 있는 내내 런던이 너무너무 그리웠어요. 여

행하면서 한국 집도 그리웠던 적이 없는데, 여기가 그리울 줄은 몰랐어요. 괜히 방학 때 북유럽 여행 계획 세웠나 봐요."

"그치? 너랑 여기랑 정말 잘 맞는다는 거야. 나도 런던이 좋아지고 나서는 남들 다 좋다는 이탈리아를 가 봐도, 파리를 가 봐도 거기가 그렇게 좋다는 생각이 안 들더라. 북유럽에 가도 그럴 거야. 런던이 계속 그리울 걸? 어딜 가도 여기만큼 좋지 않을 거야. 일단 떠나봐. 여기저기 다녀보면 알게 될 거야. 넌 분명히 또다시 런던이 그리울 거고, 다시 돌아오게 될 거라는 걸."

베르겐,
그 아늑함에
이끌려

　　　방학을 맞이하여 떠나는 북유럽 여행이 얼
마 남지 않은 어느 날 저녁이었을 것이다. 오늘도 회사에서 치열한
하루를 보내고 돌아온 집주인 언니가 내 방문을 두드린다.
　"오늘 마켓 갔다가 너 생각나서 샀어. 선물이야!"
　세계지도가 그려진 스크래치 맵이다. 런던의 마켓에서 쉽게 찾아
볼 수 있는 스크래치 맵인데 가격이 생각보다 비싼 거 같아서 언제
나 그 앞에서 망설이다가 돌아서곤 했다. 그만큼 갖고 싶었던 지도
였다.
　"언니 너무 고마워요! 내가 이거 좋아하는 거 어떻게 알았어!"
　"거기에 있는 나라 다 가봐. 아프리카든 남극이든 미국이든 어디

든지. 살면서 다 가봐. 너는 충분히 할 수 있을 것 같아."

집주인 언니와 플랫 메이트 동생은 내가 짐을 제대로 꾸렸는지 확인하기 시작했다. 사실 런던에서 수입이 없으니 옷이나 신발이 망가져서 사용할 수 없지 않는 이상은 쇼핑을 하지 않았고, 그렇게 4개월을 버텼다. 그리고 여행이 거듭될수록 생각보다 여행엔 많은 짐이 필요하지 않다는 걸 알게 되었기에 이번에 떠나는 여행도 여행 기간에 비하면 정말 작은 짐이었다.

집주인 언니와 플랫 메이트 동생은 나의 짐을 보더니 이래가지고 여행 사진도 예쁘게 나오지 않겠다며 각자의 방에서 원피스며, 신발이며 한가득 들고 나와 나의 가방을 채워주었다. 그렇게 나는 가족들의 사랑과 응원을 가득 안고 한 번도 시도해보지 않았던 장거리 여행길에 올랐다.

첫 번째 목적지였던 덴마크 코펜하겐에서 며칠을 머무르고, 두 번째 목적지인 노르웨이 베르겐에 도착했다. 베르겐은 끝없이 펼쳐진 넓은 바다와 이국적인 보트들이 정박한 멋진 항구, 뾰족뾰족한 삼각 지붕과 알록달록한 색을 가진 집들 그리고 그 마을을 모두 품은 높은 산으로 둘러싸인 아주 크지도 작지도 않은 도시였다.

산과 바다, 항구. 런던에 머물면서 한동안 잊고 살았던 풍경들이었다. 어릴 때부터 바다 근처에서만 늘 살았던 나에겐 익숙한 풍경. 어찌 보면 한국의 한적한 어촌 동네와 닮은 베르겐. 저 멀리서 불어온 짭짤한 바닷바람이 입 안 가득 퍼졌다. 그 냄새는 너무나도 익숙

해서 4개월 전 내가 떠나온 가족들이 있는 한국의 집을 떠올리게 했다.

언제나 나의 여행이 사진 한 장에서 시작되었듯이, 노르웨이의 수도 오슬로가 아닌 베르겐을 망설임 없이 선택할 수 있었던 것은 인터넷에서 본 사진 한 장 때문이었다.

베르겐에서 빼놓을 수 없는 관광지인 플뢰 위엔 산 전망대에서 찍은 노을 사진이었는데, 그것을 보는 순간 당장이라도 내 카메라에 그 풍경을 담고 싶었다. 소원대로 나는 플뢰 위엔 산 전망대에서 베르겐에서의 대부분의 시간을 보냈다. 쉴 새 없이 풍경에 감탄하고 셔터를 누르는 사이 어느새 하늘은 붉게 물들기 시작했다. 가만히 앉아 풍경을 보고 있노라니 한때 내가 좋아했던 풍경들이 떠올랐다.

가을이면 특히나 해운대 바닷가 걷는 것을 좋아했고, 피서객이 빠져나간 바다에 앉아 수평선 너머로 지는 노을을 사랑했다. 어제는 보라색이었다가 오늘은 분홍색이었다가 내일은 주황색이었다가 매일 같은 장소 다른 풍경을 보면서 가끔은 울적함을 즐기곤 했다. 지금 가고 있는 나의 길이 옳은 것인지 끊임없이 질문하면서. 그 시간과 고민들이 모여 결국 나를 이곳까지 오게 했다.

한동안 잊고 살았던 시간들. 지금이 더 행복하지만 생각해보니 그때도 나쁘진 않았다고 말할 수 있는 시간들. 집 떠나온 지 4개월 만에 처음으로 부산이 생각났다. 그와 동시에 전망대 한쪽 세워진 푯말이 가리키고 있는 1,049km 떨어진 런던도 그리웠다.

그립다는 건 양쪽 다 충분히 사랑하고 그곳에서 행복하다는 의미일 것이다. 그리고 내가 선택해서 가고 있는 길이 틀리지 않다는 의미이기도 했다.

베르겐에서의 둘째 날은 노르웨이의 자랑인 피오르드를 구경하기 위해 먼 여정에 올랐다. 기차를 타고 버스를 타고 페리를 타고 하루 종일 노르웨이의 대자연을 만나는 길에 일본인 유코를 만났다. 놀랍게도 우린 동갑이었고 유코 역시 런던에 살고 있었다. 회사 휴가 기간에 잠깐 노르웨이에 여행을 온 것이었다. 런던 리버풀 스트리트의 일본 회사에서 일하고 있다는 유코. 회사에서 비자를 지원해 주는 덕에 걱정 없이 런던 생활을 즐기고 있다고 했다.

다만 요즘 그녀의 고민은 회사에서 7년을 일했고, 또 4년 동안 비자 연장이 가능하지만 일이 지겨워져서 다른 일을 해보고 싶어서 이직을 고려하고 있는 것이었다. 이직을 하게 되면 그녀는 일본으로 돌아가야 한다고 했다.

하지만 일본으로 돌아가기는 싫다고. 그녀도 나처럼 런던이 너무 좋다는 것이다. 일본도 우리나라만큼 보수적이라고 했다. 회사 내의 딱딱한 조직 문화는 물론이거니와 사회의 시선들까지. 그런 그녀의 삶은 런던에 오고 나서 많이 달라졌다고 한다. 삶의 방향도 사회가 정해준 길에서 벗어나 누구의 간섭도 없이 오롯이 그녀로서 살 수 있는 런던이 너무 좋다고.

그래서 이직을 하자니 런던을 한 번은 떠나야 하고, 런던에 머물고자 하니 회사가 지루하고. 그것이 그녀의 요즘 고민이었고 어쩌면 나의 현재 고민이기도 했다.

유코에게 물었다.

"너는 런던에 오지 않았다면 어떻게 살고 있을 거 같아?"

"아마 일본에서 남들처럼 살고 있겠지? 평범하게 결혼하고 엄마가 되고 아내가 되어서 그렇게 살아가겠지. 그것도 나쁘지 않은 삶이겠지만, 언젠가 그렇게 되겠지만 그래도 지금 런던에서의 생활이 나는 행복해."

차라리 모르고 살았다면, 런던에 오지 않았다면, 이곳에서 누리는 자유를 경험해보지 못했다면, 우린 주어진 상황에서 순리를 받아들이고 각자 사회에서 정해진 길을 가고 있을 것이다.

하지만 사람이 간사한 건지 욕심이 많은 건지, 지금보다 훨씬 나아 보이는 것, 특히나 일탈이라는 자유라는 감정은 그 중독성이 너무 강하고 한없이 그저 좋아 보이기만 했다. 그 자유와 일탈이 일상이 되어 익숙해졌을 때, 가려져 있던 진실에 실망하고 더 강한 자유를 갈망할 것을 알면서도 우리는 오늘도 어떻게 사는 것이 더 나은 삶인지에 대해 고민하고 있는 것이리라.

유코와 헤어진 뒤, 기차 안에서 미국에서 온 4명의 친구들을 만났다. 그들의 행동과 언어에서 풍겨지는 자유로움에서 아마도 나는 자유를 쟁취해도 저들처럼 용감하게 자유를 즐기지는 못할 수도 있겠다고 생각했다.

나를 구속하는 사회의 논리 속에서 안정감을 느끼고 있을지도 모른다. 불과 몇 시간 전만 해도 그렇게 자유를 동경하던 나였는데, 어쩌면 내가 런던에서 하고 있는 이 모든 고민과 생각들이 한순간 그저 바람에 휩쓸려 사라져버릴 연기와 같을 수도 있겠다고 생각하니, 문득 서글퍼졌다.

너의 소울시티,
스톡홀름

아늑했던 베르겐을 떠나 스웨덴 스톡홀름으로 가는 날이다. 체크아웃을 위해 호스텔 로비로 나왔다. 분홍색 트레이닝복에 운동화 끈을 야무지게 묶고 계시던 아주머니가 나에게 말을 거셨다.

"베르겐 좋았니? 나는 여기 너무 좋아서 살고 싶네."

"저도 정말 좋았어요. 떠나려고 하니 아쉽네요."

"난 지금 히치하이킹하면서 여기저기 발길 가는 대로 여행 다니고 있어."

"네? 히치하이킹요? 그게 가능해요? 위험하지 않아요?"

실제로 나이가 오십 대 초반인 아주머니였는데, 히치하이킹으로 여행을 하고 있다는 이야기를 듣고는 놀라움을 감출 수 없었다.

"가능하니까 내가 여기 있지. 넌? 혼자 여행 다니니?

베르겐에서 남자 하나 만들어 가지 그랬니."

"혼자 다니는 거 좋아해요. 그러게요 남자 하나 만들었으면 좋았
으련만."

"그런데 너는 여행을 기억하는 편이니, 아니면 기록하는 편이
니?"

"저는 기억도 하고 기록도 해요.

그래도 철저히 기록하고 있다는 편이 맞겠네요."

"그렇지? 나도 원래 기록을 안 했는데, 나이가 드니까 기억하는
게 힘들어지더라고. 그래서 이번엔 노트에 틈틈이 기록을 하고 있는
데 생각보다 쉽지 않네. 습관 들이면 괜찮겠지?"라며 자신의 노트를
보여주셨다.

기록하는 것이라면 둘째가라면 서러운 나도 빼곡하게 나의 이야
기들이 적힌 다이어리를 그녀에게 보여주었다.

"어머! 너 정말 어마어마하구나. 이걸 매일 다 적니?"

"그럼요. 잠들기 전에 그리고 식당에서도 틈틈이! 기록하지 않으
면 큰 것들 말고 작은 것들은 시간이 지나면 다 잊어버리기 때문에
귀찮더라도 다 적어놓으려고 해요. 사진도 마찬가지고요."

"나도 너 따라잡으려면 열심히 써야겠다. 난 오늘 등산 갈 거야.

벌써 설레네! 여행 잘하고, 인생 즐겁게 살아!"

"감사해요. 좋은 하루 보내세요."

한순간이라도 놓치지 않게 사진으로 찍어서 남기고, 나의 기억력이 못 미더워 손목이 아프도록 열심히 적어서 남기는 추억. 강박증이 아닌가 싶을 정도로 추억을 저장하는 것에 유독 집착한다는 생각이 들기도 한다.

여행에서 뿐만 아니라 런던에서의 하루하루도. 그렇게 글로 사진으로 남길 수 있는 모든 것으로 남기고 있으니. 아마도 그건 지난날 내 청춘의 일부분을 후회로 보낼 수밖에 없었던 시간에 대한 아쉬움이자, 지금이 너무 행복하다고 생각하기에 그렇게라도 해야 시간을 붙잡을 수 있을 거 같아 행하는 나의 집착이자, 영원히 채워지지 않을 욕구 그 무언가일 것이다.

오늘도 나는 공항에 앉아 비행기를 기다리며 아침에 아주머니와 나눈 이야기를 기록하고 있다. 스톡홀름에서는 또 얼마나 많은 이야기를 기록할 수 있을지 궁금하다. 스웨덴의 수도, 북유럽의 베네치아 스톡홀름은 나의 사랑 런던의 영어 선생님이 6년 동안 디자이너로서 일했던 곳이기도 하다. 선생님이 살았던 도시라고 생각하니 괜스레 여행이 더 설레고 기대되었다.

사람들이 북적이는 스톡홀름의 도시 중심가는 걷다 보면 런던과 참 많이 닮았다는 생각이 든다. 며칠간 북유럽의 잘생긴 금발의 미남 미녀들만 본 거 같은데, 이곳은 런던만큼 다양한 국가에서 온 사람들이 바쁘게 길을 걸어가는 모습을 쉽게 볼 수 있었다.

런던의 보도와 비슷한 길을 따라 걷다 보면 중간 중간 마주치는 공원들도, 수많은 운하를 연결하는 다리들도 익숙하면서도 새로운 풍경이었다.

커피를 즐기는 스웨덴 사람들이 오후에 가지는 티타임 '피카' 문화도 차를 즐기는 영국의 애프터눈 티 문화와 닮았다. 주말에 광장에 들어선 빈티지 마켓엔 런던에서 본 것과 비슷한 것들을 판매한다. 내가 좋아하는 오래된 찻잔들, 옛날 지도와 그림들, 누군가가 사용하던 반지며 브로치, 북유럽 감성 물씬 풍기는 식기들까지. 닮은 점이 많은 도시여서일까. 이곳에서 머무는 동안은 런던에 빨리 돌아가고 싶다는 생각이 들지 않았다.

스톡홀름의 전경을 한눈에 보기 위해 시청사 전망대를 올라가려고 했지만, 입장이 이미 마감되었기에 발길을 돌려야만 했다. 하지만 운 좋게도 그곳에서 중국인 친구 창바이를 만나 반나절 동행을 하게 되었다. 그녀는 핀란드에서 인턴십을 하면서 화학을 공부하고 있었다.

스톡홀름을 너무 좋아해서 이번이 벌써 네 번째 방문이었던 그녀도 시청사 전망대를 찾았다가 입장이 마감되어 숙소로 돌아가려던 중이었다. 타국에서의 서로의 삶에 대한 이야기를 주고받다 보니, 우린 어느새 예전부터 보아오던 친구처럼 동행을 즐기게 되었고 밤 늦도록 스톡홀름을 누비고 다녔다.

그녀가 물었다.

"참. 너 노을을 좋아한다면서 스톡홀름에서 노을 봤니?"

"아니. 아직 못 봤어. 노을을 보려고 시청사 전망대에 늦게 온 건데. 오늘 놓쳤지 뭐."

"시청사보다 더 멋진 곳이 있어. 나만 아는 장소인데, 한번 가볼래? 사실 어제 노을을 보러 갔었는데, 어제는 구름이 좀 많아서 선명하지 않더라고. 근데 거기에 입장하려면 약간의 용기가 필요해. 가볼래? 도전?"

"당연하지! 나 오늘이 스톡홀름에서 마지막 밤이라서 오늘 아니면 기회가 없어!"

"그건 나도 마찬가지야. 나도 내일 아침에 핀란드로 돌아가거든."

그렇게 스톡홀름의 노을을 보기 위해 그녀가 이끈 곳은 어느 루프탑 바였다. 꼭 술을 주문할 필요는 없었지만 멋지게 차려입은 사람들과 카운터를 지나야 닿을 수 있는 야외 테라스였기에 그곳을 지나기 위한 용기가 필요했던 것이었다. 우린 용감하게 앞만 보고 천천히 걸으려고 애썼고, 무사히 테라스에 도착해 조금씩 예쁘게 물들어가는 하늘을 볼 수 있었다.

내가 런던을 좋아하듯, 창바이에겐 스톡홀름이 소울 시티였다. 그녀의 친구가 스톡홀름에 살고 있어서 처음 방문했던 스톡홀름에서 그녀는 이 도시와 첫눈에 반하게 되었다고 한다.

"너는 왜 스톡홀름이 좋아?"

"그냥. 그냥 좋아. 이유는 없어. 네가 런던을 좋아하듯이 그런 감정이 아닐까? 그래서 핀란드 인턴십 기회가 왔을 때 망설임 없이 선택했어. 물론 가족들과 떨어져 사는 건 가끔 외롭고 그리운 것이지만, 내가 좋아하는 도시랑 가까운 곳에 산다는 것만으로도 행복해. 핀란드에서 공부하고 돈을 벌면서도 늘 마음속으로는 스톡홀름을 그리워하고 있지만, 시간 날 때마다 이렇게 들릴 수 있다는 것만으로도 만족해. 하지만 언젠가는 꼭 스톡홀름에서 직장을 잡고 정착할 거야. 그게 내 꿈이야."

"지영, 너 음악 좋아해? 연주회 같은 거."

"응, 엄청."

"그럼 여기 가까운 곳에 야외 공연장이 있는데, 가끔씩 무료 공연도 하거든? 거기도 함께 가 볼까?"

어둠이 깔리고 주황색 가로등 불빛이 비추는 오래된 거리에 저 멀리서 바람에 날아온 음악 소리가 우리를 이끌었다. 통나무로 멋지게 지은 건물 2층엔 사람들이 북적거리고 한창 공연이 진행 중이었다.

하지만 오늘 공연은 티켓이 없으면 볼 수 없는 공연이었다. 그래도 조용한 동네에 은은하게 울려 퍼지는 선율은 굳이 그곳에 있지 않아도 들을 수 있었다. 우린 건물 계단에 앉아서 잠시나마 여행자의 낭만에 흠뻑 빠졌다.

오늘 나를 만난 건 행운인 거 같다는 창바이의 말에 조용히 고개를 끄덕였다. 나에게 스톡홀름은 그녀의 소울 시티로 기억될 것이기에.

크로아티아,
행복을 찾아서

"내 여행의 마지막 목적지는 크로아티아야."

"와! 크로아티아라니! 너 분명히 좋아할 거야."

호스텔에서 만난 친구들과 모여서 하는 일상적인 이야기 중 하나
는 서로의 여행 목적지를 이야기하는 것이었다. 나의 최종 목적지가
크로아티아라고 이야기하면 으레 유럽 친구들은 감탄과 부러움을
감추지 못했다. 유럽인들마저도 사랑하는 휴양지가 크로아티아였
기 때문에.

두브로브니크 공항에서 입국장으로 들어서는 정신없는 와중에
누군가가 뒤에서 내 어깨를 툭툭 쳤다.

"저기요. 혹시 한국 분이신가요?"

"네. 그런데요?"

"동행 있으세요? 없으시면 오늘 하루 동행하실래요? 저 사진 찍어줄 사람이 없어서요."

공항버스는 우리를 싣고 두브로브니크로 향했다. 얼마쯤 갔을까. 꾸벅꾸벅 졸고 있던 사람들이 환호성을 지르기 시작한다.

눈부신 푸른 바다 위 하얀 성벽으로 둘러싸인 주황색의 지붕들. 아직은 여름인 9월 초의 따가운 햇살을 그대로 받아 바다 위 보석처럼 빛나던 두브로브니크는 듣던 대로 너무나도 아름다웠다.

휴양지보다는 유적지나 볼거리 많은 도시를 좋아하는 나에게 이런 도시 분위기는 생전 처음이었다. 먹는 것과 쉬는 것 말고는 할 것이 없었던 휴양지에서 뚜벅이에게 남아도는 시간은 어색하기도 했다.

두브로브니크 구시가지 안은 골목골목 이미 식당과 관광객을 위한 시설로 포화 상태였고, 어딜 가든 따뜻한 이 햇살의 도시만큼이나 사람들이 푸근하고 친절했다.

물론 지나치게 비싼 물가와 관광객을 대상으로 하다 보니 눈살을 찌푸리게 하는 장면들도 몇몇 있었지만. 걷다가 무심코 들어갔던 식당에서 먹었던 연어, 참치 스테이크는 담백하고 자연 그대로의 맛을 담은 말 그대로 성공적인 꿀맛이었다.

한국인들에게 너무나도 유명한 아드리아해가 한눈에 보이는 카페에서 마시던 맥주도 시원함 그 자체였다. 직원의 친절함과 푸근함에

반해 다음날 또다시 들른 식당에서는 내 이름을 기억해주고 좋은 아
침이라며 인사해주는 친근함에 온종일 웃음 짓던 하루도 있었다.

하얀 대리석의 거리는 그곳을 지나간 수많은 관광객들의 발길로
반들반들 빛이 났다. 어둠이 내리면 조명을 받은 하얀 건물과 촛불
로 가득한 식당 거리에서 흘러나오는 끝없는 이야기 소리와 아름다
운 음악 선율들로 가득해지는 구시가지. 여태껏 다른 도시에서는 느
껴보지 못했던 이국적인 분위기 그 자체였다. 낮과 밤이 너무나도
다른 이곳. 아드리아해의 진주, 지상낙원이라는 무수한 수식어가 붙
는 두브로브니크의 아름다움을 인정할 수밖에 없었다.

공항에서 만난 동행 A는 요즘 트렌드인 퇴사 후 유럽 여행 중이
었다. 실제로 퇴사를 하고 여행 중인 여행자는 처음 만났기에 어떻
게 퇴사를 결심할 수 있었는지가 궁금했다.

"그런데 퇴사를 결심하기엔 한국에서 결코 적지 않은 나이인데
불안하지 않았어요?"

"어차피 큰 회사도 아니고, 더 이상 잃을 것도 얻을 것도 없었기
때문에 괜찮았어요."

그녀도 나처럼 다른 여행자가 살아온 이야기를 듣는 것을 좋아했
다. 한참 나의 이야기를 듣던 그녀는 눈이 동그래졌다.

"정말 의외네요. 지영 씨는 그냥 잘 웃고 활발해서 인생에 별다른
풍파 없이 무난하게 살아온 사람 같았어요. 그리고 직업도 의외네
요. 정말 안 어울리는데. 여태 만난 여행자들이랑 나눈 이야기 중에

제일 신선했고 반전이었어요."

"그렇죠? 그런 말 자주 들어요. 뭐가 그렇게 좋아서 계속 웃느냐는 사람도 있고. 화목한 부모님 밑에서 사랑받고 용돈 꼬박꼬박 받는 철없는 막내딸 같다고도 해요. 뭐 나쁘진 않아요."

"꼭 잘 됐으면 좋겠어요. 생각하는 것들, 하고 싶은 것들 다 이루면 좋겠어요. 런던에서도 꼭 좋은 일들만 많이 만들어 가시고요."

"고마워요. 여행하는 동안은 여행만 즐기고 돌아가세요. 한국 돌아가서도 새 직장이든 새로운 시작이든 어떻게든 잘 해내실 거예요."

훈훈했던 동행과의 첫 일정을 마치고 호스텔로 돌아오니, 새로운 룸메이트들이 들어와 있었다. 한국에서 온 나랑 동갑인 B와 그녀의 어머니. B는 결혼한 지 6개월밖에 안 된 신혼이었다. 간호사로 일하다가 최근 퇴사를 결심하고 엄마와 한 달 동안 유럽 여행 중이라고 했다.

B의 어머니는 딸에게서 한 달 유럽 여행을 제안 받고 고민을 많이 하셨다고 한다. 하지만 기력이 있을 때 여행을 가야 한다고 결정을 내리셨고 후회하지 않는다고 하셨다. 어머니의 캐리어에서는 각종 진통제, 파스, 허리 지지대, 알 수 없는 알약들이 한가득 쏟아져 나왔다. 딸에게 짐이 되지 않는 여행이 되기 위해 어머니는 매일 밤 잠들기 전 이곳저곳을 주무르고, 파스를 붙이고 약을 드시며 버티셨다. 그리고 우리 엄마가 여행할 때 그랬던 것처럼 당신의 어머니를 그리워하셨다.

"우리 시대는 먹고살던 게 힘들었고, 젊은 날 일찍 결혼해서 남편이랑 자식 키운다고 정신없이 살다 보니 엄마랑 여행 갈 기회도 없었어. 그 흔한 여행인데 말이야. 나는 딸 잘 만나서 이렇게 다니고 있지만 걷다 보면 엄마 생각이 많이 나. 돌아가시고 나면 아무 소용도 없는데…."

두브로브니크를 걸으면서 유독 한국인 모녀 관광객을 쉽게 찾아볼 수 있었다. 그래서일까, 런던 살면서도 잘 생각나지 않던, 아니 생각하고 싶지 않던 엄마 얼굴이 자주 떠올랐다. 엄마와 함께 했던 기차여행, 제주도, 스위스, 바르셀로나 여행들도 문득문득 생각났다.

엄마는 지금 더위가 한창인 한국에서 여전히 땀을 뻘뻘 흘리며 여기저기 뛰어다니고 계실 텐데. 이 좋은 것들을 혼자 보고 있다는 것에 괜히 죄책감이 들었다. 낮에 올라갔던 스르지 산 전망대에서 본 딸들은 하나같이 엄마에게 투덜거렸다.

"에이, 엄마 사진을 왜 이것밖에 못 찍어. 이렇게, 이렇게! 잘 봐봐! 나처럼 이렇게 좀 잘 찍어봐!"

딸들은 여전히 엄마 앞에서는 철부지였고, 그런 딸 앞에서 엄마는 그래도 내 딸이니, 당신이 젊은 날 당신의 어머니와 하지 못했던 딸과의 여행을 하는 중이니까. 엄마는 지금 이 순간이 너무 행복하니까 오냐오냐 하시며 참으셨다.

그리고 서투른 손가락으로 딸이 오케이 할 때까지 카메라 셔터를 누르셨다.

두브로브니크에서의 마지막 날 모녀와 함께 저녁 식사를 했고, 우리들의 이야기는 숙소에 돌아와서도 새벽이 깊어지도록 이어졌다. B의 호주 유학 이야기, 연애부터 결혼 그리고 시댁 이야기까지. 전문 직종이지만 몸이 너무나도 힘들었던 간호사라는 직업. 그래서 그녀는 퇴사를 결심했고 한국에 돌아가면 하고 싶었던 일을 하면서 잠시 쉴 거라고 했다. 카페에서 바리스타를 할 거라는 B의 말에 어머니는 혀를 차신다.

B가 싫증을 너무 잘 내서 계속해서 다른 것을 하고 싶어 하는 것이 문제라고 하시며. 그동안의 연애도 한 달 두 달이 전부였다고 한다. 그러다가 지금의 남편을 만나서는 사 년간의 오랜 연애를 했고, 마침내 결혼에 골인한 거라고. 싫증을 잘 내는 그녀였지만 그만큼 다른 분야에 도전하는 것을 두려워하지 않았고 위험을 기꺼이 감수하려고 했다. 그렇게 해서 자기의 것이라고 찾은 것에 그녀는 기꺼이 선택과 투자를 했고, 그것이 그녀가 살아가는 삶의 방식이었다.

우리의 이야기는 요즘 세대에 대한 이야기로 이어졌다. 지금의 시대는 누릴 건 다 누린다고 말할 수 있는 세대이지만, 연애, 결혼, 출산, 인간관계를 넘어 꿈까지 포기할 수밖에 없는 불쌍한 세대이기도 하다는 것. 가만히 듣고 계시던 어머니가 말씀하셨다.

"하고 싶은 것을 하면서 사는 게 인생의 옳은 방향이 맞긴 해. 하지만 요즘처럼 치열한 현실에서 자신의 꿈과 이상에 부합하는 삶을 살고 있는 사람이 과연 몇 명이나 되겠니? 다 먹고살려고 하는 일인

데 힘들지 않은 게 어디 있고, 지겹지 않은 게 어디 있겠니? 하고 싶은 것을 하고, 꿈을 좇으면서 살기엔 세상살이가 그렇게 호락호락하지 않고, 책임져야 할 것도 많지. 그러니까 사소한 것에 감사하고, 내가 지금 할 수 있는 최선의 일을 하고 사는 거야. 아줌마는 그래. 나이가 들수록 좋은 건, 작은 것에도 만족하고 살 수 있어서야."

작은 것에 만족하는 삶. 그것만큼 이루기 힘든 것도 없을 것이다. 그렇게 살 수 있다면, 내가 지금 모은 돈 다 들고 런던에 오지도 않았을 것이고, A는 퇴사 후 유럽여행을 선택하지 않았을 것이고, B가 살아오면서 싫증을 잘 내는 일은 없었을 것이다.

결국 우린 우리가 행복할 수 있는 그 무언가를 계속해서 찾아 헤매고 있는 것이 아닐까. 혹은 누릴 수 있는 것이 너무 많아져서 우리의 행복이 작은 것에 없다는 것일지도 모르겠다. 혹은 그 작은 것의 기준이 다르거나 인생의 교훈을 깨닫기에는 아직 너무 젊은 것일지도.

보름달이 하얗게 빛나던 두브로브니크에서의 마지막 날 밤. 아주머니가 말씀하신 지금 내가 할 수 있는 최선의 일이 무엇일까 생각했다. 아마도 그건 여행을 무사히 마치고 런던으로 돌아가서 남은 두 달의 시간을 멋지게 보내는 것이겠지.

그러다 문득 이곳을 떠나면 돌아갈 곳이 한국이 아니라 런던에 있는 워털루 우리 집이라는 사실이 위안이 되었다.

'아무래도 난 작은 것에 만족하며 살기엔 힘들 것 같아.'

이탈리아,
추억을
여행하다

2013년, 생애 첫 유럽 여행이었던 이탈리
아 여행을 한 달 앞두고 우디 앨런의 영화 '로마 위드 러브'가 개봉
했다. 어릴 때부터 나의 오랜 버킷리스트였던 이탈리아로 떠날 수
있게 된 것만으로 가슴 벅찼는데, 영화를 보고 나서는 심장이 터져
버리는 것만 같았다. 그 아름다운 도시에 곧 두 발을 내딛게 될 거라
는 것이 믿기지 않아서. 그 아름다운 도시에서의 일주일이 내 인생
의 방향 전부를 바꿔버릴 줄도 몰랐던 채로.

시간이 흘러 2016년. 우연히 TV에서 이 영화를 다시 보게 되었
다. 그리고 청승맞게 펑펑 울었던 기억이 난다. 한창 휴직을 해야 하
나 말아야 하나 고민할 때 다시 보게 된 그 영화는 내가 이탈리아에

서 했던 다짐들을 다시 일깨워주었다. 내가 고민하던 것이 새로운 도전에 대한 두려움이었음을 알고 나서는 스스로가 못나보였던 날이기도 했다.

그리고 마침내 2017년 런던에 왔고, 지금은 이탈리아로 가는 비행기에 있다. 줄곧 그렇게 믿고 살았다. 내 인생은 26살에 떠났던 이탈리아 여행 전과 후로 나뉜다고. 그때 이탈리아에 가지 않았다면 나는 지금 어떤 삶을 살고 있을까 하고. 여행이 인생을 바꾼 게 없다고 말하는 사람들도 있지만, 내 인생은 분명 여행으로 바뀌었다. 그래서 런던 행을 결심했을 때, 런던에 머무는 동안에 꼭 이탈리아를 다녀오겠노라 다짐했다.

'더 이상 이렇게 살 순 없다. 나를 위한 삶. 더 넓은 세상을 보고, 스스로 멋진 삶을 사는 사람이 되자.' 생각하고 걸어온 지난 4년의 시간들이 헛되지 않았음을 확인하고 싶었다. 그래서 방학을 맞이하여 떠난 여행에서 이탈리아로 가는 길은 정말 오랜 친구를 만나러 가는 것처럼 설레고 기뻤다.

4년 전의 이탈리아는 혼자가 아닌 세 명의 언니들과 함께였다. 같은 시기에 공무원으로 임용되어 지금도 동고동락하는 언니들. 언니들 덕분에 이탈리아를 갈 수 있게 되었지만, 아이러니하게도 너무나도 다른 여행 스타일에 나는 혼자 여행이 나와 더 맞다고 생각했고, 그 이후로 줄곧 혼자 약 20개국을 여행해왔다.

하지만 혼자 다시 찾은 이탈리아에서 나와 늘 함께 했던 것은 언니들과의 4년 전 추억이었다. 언니들과 함께 사진을 찍은 곳에서 혼자 사진을 찍고, 알록달록 우비를 입고 활보하던 비 오던 베니스 거리를 혼자 우산을 쓰고 걸었고, 언니들과 함께 찾았던 나보나 광장 젤라토 집에서 혼자 젤라토를 사먹었다. 언니들과 함께 인생 티라미수를 맛보았던 베니스의 어느 카페 모퉁이에 홀로 서서 라이브로 연주되는 음악을 들으며 지난날의 추억과 고민을 회상하며 눈물을 글썽거렸다.

베니스에서 현지인에게 추천받은 피자집을 찾아가던 길이었다. 눈에 익숙한 다리가 나타났고, 잊고 있었던 기억들이 파도처럼 밀려왔다. 그 장소는 우리가 베니스에 온 첫날 내 기억 속에 강렬하게 남은 장소였다. 언니들 사진을 예쁘게 찍어주겠다며, 처음 샀던 무거운 DSLR을 들고 어쭙잖은 실력으로 사진을 찍어주었던 곳.

나는 진작부터 이곳을 찾고 있었지만 당시 가이드를 따라 베니스 골목을 누볐던지라 도저히 어디가 어딘지 몰랐다. 하지만 베니스를 떠나기 전 날 우연히 이렇게 마주치게 되었다. 그때 기분은 뭐라 설명하기가 어려웠다. 그 장소는 변한 것 하나 없이 정말 똑같았다. 건물 앞에 내걸린 깃발 위치까지도, 유리 공예 공장으로 들어가던 작은 출입문도 그대로였다.

추억의 장소를 다시 찾아왔는데, 변한 것 없이 그대로 남아 있다는 게 이상하기도 하고, 다시 이곳에 내가 서 있는 것도 이상하고, 이 먼 곳에 내 추억이 남아 있다는 것도 이상하고, 그냥 가슴이 먹먹

해지면서 눈물이 줄줄 흘렀다. 이곳은 나중에 몇 십 년이 지나서 다시 와도 그대로 있어줄 것만 같았다. 4년이 지난 지금 나와 언니들은 많이 변했는데도 말이다.

당시 갓 승진하고 3년차였던 우리는 이제 8년차에 접어들었고, 또 한 번 승진을 했다. 왕언니는 몸이 안 좋아져서 잠깐 휴직을 했고, 둘째 언니는 결혼을 하고 언니를 닮은 예쁜 딸을 낳고 알콩달콩 잘 살고 있고, 셋째 언니는 일찍 결혼할 줄 알았는데 여태 운명의 짝을 찾아 여행 중이고, 나는 돈이고 경력이고 다 버리고 모은 돈 다 싸들고 런던으로 왔다.

얼굴도 우리의 삶도 참 많이 변했는데…. 추억의 장소를 다시 찾는 건 그런 기분이었다. 설렘과 흘러간 것에 대한 그리움과 변해버린 시간에 대한 인정. 잊고 있었던 생각들과 꿈을 다시 기억해내는 것. 밀려오는 감정의 파도를 감당할 수 없는 것 말이다.

로마로 가는 기차를 타기 위해 산타루치아 역으로 가던 길목에서 지난날의 나를 또 만날 수 있었다. 당시 베니스에서 성악을 전공하고 있던 가이드가 멋진 가곡을 한 곡 불러주곤 꿈을 잊지 말고 살아가라고 해주었던 수상택시 투어 날. 대운하 종점에서 우리를 기다리고 있던 버스를 타기 위해 내렸던 그 항구.

버스를 타러 가면서 가이드 언니에게 베니스가 이렇게 예쁜 곳인지 몰랐다며 "가기 싫어요." 하면서 눈물이 그렁그렁했던 스물여섯 살의 나. "또 오면 돼."라고 아무렇지 않게 말해주던 가이드의 말에 과연 내 인생에서 다시 이곳에 올 기회가 있을까 했던 날. 결국 나는 그때보다 더 성숙한 사람이 되어 이곳에 돌아왔고, 다시 베니스를 떠나며 미래에 또 만날 것을 약속하고 있었다.

사람이 너무 많아서 동전 던지기도 힘들었던 로마의 트레비 분수. 여전히 밤이나 낮이나 사람들로 북적였고, 여전히 낭만적인 곳이었다. 4년 전 내가 이곳에서 빌었던 소원은 당연히 '로마로 다시 돌아오게 해주세요.'였다. 소원은 이루어졌고 나는 그때 그 자리에서 다시 어깨너머로 힘껏 동전을 던졌다.

4년 전 그때 내가 지금과 같은 삶을 살고 있을 거라고 생각하지 못했던 것처럼 앞으로 또 어떤 선택으로 어떤 삶을 살아갈지 모르겠다. 선택의 순간엔 늘 불안했고, 혹시나 잘못된 선택으로 쌓아온 모든 것이 하루아침에 헛수고가 되어버릴까 두려워했다. 쉽게 사는 것과 어렵게 사는 것 사이에서 갈등해야 했고, 사회는 정해진 길 밖은 위험하다고 이야기했다. 그 밖으로 가고 싶어 하는 나의 목소리가 옳다는 것을 스스로 증명해내야만 했다.

그렇게 내가 진정으로 원하고 모든 것을 걸어볼 만한 가치가 있다고 생각한 그곳의 문을 힘들게 여는 순간 펼쳐진 세계는 새로운 기회를 가져다줌과 동시에 또 다른 선택의 기로에 놓이게 만들었다.

언제나 인생은 선택의 순간이었고, 절대 쉽게 풀리지 않는 것 또한 인생이었다. 하지만 나는 잘 가고 있었다. 어쨌든 옳은 것이라 믿을 수 있는 방향으로, 내가 원하는 방향으로. 그리하여 나는 예전보다 더 나은 사람이 되어 추억의 이 나라를 다시 찾아왔노라고 자신 있게 말할 수 있었다.

'달라지고 싶다, 변하고 싶다' 그것은 4년 전 이곳에서 가졌던 꿈이었다. 그것 하나로 지금에 이를 수 있었고, 또 다른 선택의 기로에 서 있는 나에게, 그리고 앞으로도 맞이할 정답이 없는 무수한 선택지 앞에서 내가 오롯이 기억해야 할 가치가 아닐까.

2013년 5월 6일 이탈리아에서 맞이한 내 인생 첫 번째 전환점. 2017년 5월 6일 런던에서 시작된 두 번째 전환점.

이 세상에 우연은 없으며, 삶의 모든 순간에는 의미가 있다는 그 말을 믿는다.

6개월의 기쁨, 슬픔 그리고 성장

      매주 금요일은 어학원에서 본국으로 돌아
가는 친구들과 작별인사를 하는 날이다. 대부분의 유럽인 친구들은
짧게 어학원에 머물렀다. 길면 한 달, 짧으면 일주일. 보통은 3주 정
도. 3개월 이상 머무는 경우는 거의 아시아 권역 친구들이었다. 나
역시 15주짜리 장기 체류자에 속했기에 금요일이면 이제 막 정이
들려고 하는 친구들을 떠나보내고, 월요일이면 새로운 친구들을 맞
이하기를 수차례 반복했다. 그리고 언젠가 내가 떠나게 될 날을 머
릿속으로 그려보곤 했다. 그래서 헤어짐이라는 것은 이곳에서 꽤나
일상적인 것이었다.

  스페인으로 돌아가는 스물한 살의 E. 그녀와의 추억을 꼽으려면

뭘 먹고 체한 건지 수업 시간 내내 얼굴이 새하얗게 떠서는 엄마가 보고 싶다며 울던 날, 그녀의 등을 두드려주고 바늘로 따주면서 한국식 민간요법을 시전한 날이었을 것이다. 그 뒤로 그녀는 나에게 많이 의지했고 그녀의 엄마에게 영상통화로 나를 소개해주기도 했다. 그녀와 작별 인사를 하던 날, 우린 그 추억을 한 번 더 곱씹었고, 스페인에 여행 오면 연락하라는 인사로 마무리했다.

독일에서 온 열여덟 살의 B. 일주일밖에 함께 하지 않았지만 처음 우리 반에 온 날부터 내 옆에 껌딱지처럼 붙어서 바늘 가는 데 실 가는 듯 함께 했다. 금발의 곱슬 단발머리, 주근깨가 가득한 하얀 얼굴에 커다란 미소가 번질 때면 너무 귀엽고 예뻐서 저절로 엄마 미소를 짓게 하던 그녀. 여행 그리고 특히 아시아 문화에 관심이 많아서 나에게 늘 한국과 중국의 문화에 대해 쉴 새 없이 질문하기도 했다. 그녀는 나중에 완전한 어른이 되면 한국으로 꼭 여행을 오겠노라 약속하고 독일로 돌아갔다.

어학원에선 모두가 런던에서 정해진 시간을 살았다. 그랬기에 정말 열심히 공부하고 놀았고, 헤어질 땐 늘 기약 없는 어쩌면 지킬 수 없는 약속들을 늘어놓았다.

"우리 다시 만날 거야! 내가 사는 곳에 여행 오면 우리 집에서 자고 가도 돼! 내가 가이드도 해줄게!"

어릴 땐 그런 약속들이 희망적이었고 그럴 수 있을 것이라 생각했는데, 어른이 되어서 이런 헤어짐을 맞이해보니 그렇게 낭만적이지만은 않았다.

"우리 꼭 다시 만나자!"는 언제 한번 밥 한번 먹자라는 말처럼 쉽게 내뱉는 지킬 수 없는 약속 같은 것이었다. 한국에 있는 친구들도 일 년에 한 번 제대로 만나는 것이 힘든데, 세계 각지에 흩어져 사는 사람들을 다시 만난다는 건 아마 불가능할 것이라는 걸 알기에 처음부터 정을 안 주는 편이 낫겠다는 차가운 생각을 해본 것도 사실이다.

헤어짐을 먼저 생각했기에 처음부터 기대가 없었을 수도 있다. 그렇다고 새로운 친구들과의 만남에 충실하지 않았던 것도 아니지만, 예전과 달리 마음이 딱딱해져버렸다는 것은 부인할 수 없다.

헤어짐이 없는 만남이 있다면 얼마나 좋을까 생각도 해보지만, 헤어짐이 없다면 과연 그것을 만남이라 할 수 있을까? 헤어짐이 없다면 우리의 삶이 간절하기도 했다가, 최선을 다했다가, 그렇게 살던 시간들이 추억이라는 단어로 기억될 수 있을까?

푸른 잔디 위로 낙엽이 떨어지는 풍경을 맞이하는 요즘. 이곳에서 또 다른 계절을 맞이하고 있다. 일 년 전 여행자의 신분으로 런던에 왔을 때 내가 걷던 길, 내가 보았던 풍경, 내가 먹던 음식들에는 추억이라는 진부한 단어 위로 일상이라는 색깔이 덧칠되었다.

사람이든 물건이든 장소든 추억이든, 무엇인가를 잃는다는 것에 극도로 두려움을 가지고 있는 나라서, 오늘도 쉴 새 없이 사진을 찍고 일기를 쓰며 오늘 하루를 잊지 않으려고, 잃어버리지 않으려고 애쓰는 중이다.

횡단보도를 건널 땐 오른쪽을 먼저 보고, 버스를 타면 당연히 이 층으로 올라가고, 쏟아지는 인파 속을 요리조리 피해 다니는 요령도 늘었다. 보행자 우선이라 빨간 불이라도 차가 다니지 않으면 횡단하는 것, 화장실에선 변기를 두 번 눌러 물을 내리는 것, Sorry, Thank you, Excuse me를 입에 달고 사는 것, 옆에 앉은 누군가가 재채기를 하면 오늘 처음 본 사람일지언정 Bless you라고 이야기해주는 것, 마트 셀프 계산대에서 앞사람이 아무리 꾸물거려도 조급해하지 않고 기다리는 것, 식당이든 펍에서든 옆 사람에게 오늘의 날씨에 대해 이야기하는 것, 멋진 연주를 하는 버스커에게 다가가 말을 걸어보는 것, 비가 오든 바람이 불든 걸어 다니면서 음식을 먹는 것까지. 이곳에서의 모든 일상도 너무 익숙해졌다.

먹고살려고 런던에 온 것이 아니었기에, 아등바등 벌어서 모은 돈 다 싸들고 정승같이 쓰러 온 이곳은 정말 천국이었다. 이곳에 오기 전까지의 삶이 힘들긴 했지만, 한편으로는 나름대로 하고 싶은 것들을 하나둘 차례대로 해나가던 만족스러운 시간이기도 했다. 하지만 지금의 삶은 그것과는 조금 다른 아마도 인생에서 가장 행복한 삶이자 오롯이 나를 위한 삶이라 생각한다. 통장에 찍힌 숫자는 하루가 다르게 줄어들고 있지만, 나를 둘러싼 환경은 부족함이 없었다.

그래서 이 잠깐 타지살이의 끝을 생각하면 서글프고, 지금 내가

누리는 행복이 정말 내가 누려도 되는 것인지, 한순간에 무너져버리는 것은 아닐지 걱정되는 것도 사실이다. 하지만 영원하지 않기에 모든 시간들이 소중했다.

런던에서 내가 만난 한국인 친구들은 대부분 한 번 런던을 찾았다가 이곳을 잊지 못해서 다시 돌아온 경우였다. 알고 지내는 사진 작가도, 집주인 언니와 플랫 메이트도, 잠깐 같이 살았던 플랫 메이트 S도 여행으로 혹은 단기 어학연수로 런던에 와서 6개월이라는 시간을 정말 열심히 살다가 이곳에서의 시간들을 잊지 못해 아예 비자를 받고 다시 돌아온 사람들이었다. 그들에게 다시 돌아온 이유를 물어보면 같은 개똥밭이라도 그래도 이곳이 그나마 숨을 쉴 수 있는 곳이라 생각했기에 선택했다고 한다.

처음엔 그 이유를 완전히 이해할 수 없었지만 시간이 지날수록 조금씩 알게 되었다. 정해진 시간이었기에, 한국으로 돌아가야만 했기에 이곳에서의 시간이 얼마나 소중한지 알았으니까. 어쩌면 다시 돌아오지 못할 시간들이라 생각했기에 치열하게 최선을 다해서 살았던 자신이 이곳에 오롯이 남아 있으니까. 한 번뿐인 삶의 시간 속 가장 뜨거웠던 날들이 이곳에 있으니까. 하지만 아이러니하게도 과거와 같을 것이라 생각하며 돌아온 지금은 그때와 똑같지는 않다.

집주인 언니는 가끔 스물셋에 영국 정착을 꿈꾸며 런던 외곽 어느 낡은 집에 살 때를 추억한다. 당시 친언니와 함께 거의 무일푼이다시피 런던에 와서 예산에 맞는 집을 구하기 위해 무척 애를 썼다고 한다. 겨우 런던 4존에 있는 어느 낡은 집의 방을 구했는데 내부 규율이 엄격했고, 무엇을 하든 눈치를 주는 집주인과 함께 살았다고 한다.

일주일에 세탁기를 사용할 수 있는 횟수도 정해져 있고, 겨울이면 난방도 잘 틀어주지 않아 벌벌 떨면서 겨울을 보내야 했다. 먹고 싶은 것이 있어도 참아야 했고, 커피 한 잔 사서 마시는 것도 아까웠다고 했다. 툭하면 막히는 화장실과 쥐가 남기고 간 흔적들과 씨름해야 했다. 집 밖에선 아직 완벽하지 않았던 영어로 일터에서 그리고 어학원에서 살아남기 위해 애써야 했다. 언니는 말한다. 지금 생각하면 그땐 정말 한국에서의 삶과 비교할 수 없을 정도로 낮은 수준의 삶이었다고. 하지만 매일 매일이 행복했다고 한다. 먼 외국 땅에 의지할 수 있는 친언니가 있었고, 살고 싶었던 나라에 두발을 딛고 있고, 정착이라는 꿈이 있었기에.

배는 고팠지만 친언니 손을 잡고 런던 구석구석을 돌아다니면서 무료 박물관과 미술관을 구경하고, 정처 없이 런던의 골목골목을 누비던 모든 순간들에는 항상 웃음이 끊이지 않았다고 한다. 영어 공부도 재미있었고, 일도 즐기면서 했다. 그렇게 열심히 살았던 하루하루가 미래의 결실이 되어 지금의 언니가 있게 되었다. 물론 이제는 그때만큼의 열정도 없어졌고, 그때와 똑같이 살아내야 한다면 못할 것 같지만, 언니에겐 여전히 소중한 이십 대의 추억이다.

우린 우스갯소리로 이야기했다. 원래 인간은 정해진 시간 속에 사는 것인데, 영원히 인생을 사는 사람은 아무도 없는데, 우리는 왜 그 소중함을 모르고 한국에서 그 많은 시간들을 허투루 보냈을까 하고. 왜 그 모든 시간들이 부질없는 것이었고 비관적이었고 행복은 그곳이 아닌 바깥에 있을 것이라 생각했는지.

한국 사람으로서 한국에서 한국말을 쓰며 한국 음식을 먹고 한국 회사에서 나의 커리어를 쌓으며 사랑하는 가족들과 함께 사는 행복을 당연하게 누리고 있었는데, 왜 그 모든 것을 다 포기했을까 하고. 외국에서 산다고 해도 처음 몇 달의 짜릿함이 지나고 나면 금세 사람 사는 것은 어디든 똑같다는 것을 알게 된다. 그리고 마침내 한국에서 최악이라고 생각했던 시간들조차 아름다웠다고 말하게 되는 순간도 마주하게 된다.

우리가 이곳에서 하루하루를 알차게 즐기며 열심히 사는 것처럼 한국에서도 똑같은 마음으로 매일 감사하며 살았다면 비싼 돈 주고 외국에 올 일이 없었을지도 모르겠다. 역사 속 위대한 사람들이 그리고 많은 책들이 이야기한다. 지나간 과거에 집착하지 말고, 다가올 미래에 현재를 희생하지 말고, 오늘이 생의 마지막인 것처럼 살라고. 알면서도 여전히 실천하기 어려운 진리이지만, 인생을 살아가는 방법을 오늘도 이곳에서 배워가는 중이다.

지구 상 어디든 누구와 함께이든 정해진 시간 속 한 번뿐인 나의 삶을 알차게 즐기면서 살아가는 사람이 될 수 있도록.

비행기
옆자리
독일 남자

런던으로 출국하던 날. 엄마와의 작별 인
사는 눈이 퉁퉁 부을 정도로 슬픈 것이었지만, 비행기를 타고 나선
이내 눈물을 뚝 그치고 설레는 마음을 감출 수 없었다.

내 옆자리엔 어느 나라 사람인지 모르겠지만 금발의 잘생긴 남자
가 앉았다. 우린 서로 어색한 인사를 나누었고, 영어에 대한 의욕이
넘쳤던 나는 한 마디 두 마디 더 붙이기 시작했다.

그는 한국에서 2주간의 휴가를 보내고 독일로 돌아가는 길이라고
했다. 그렇게 우리는 12시간의 비행 동안 끝없는 이야기를 나누었다.
비행기가 런던에 다 닿을 무렵 그는 나의 이름과 나이를 물었다.

6월에 회사에서 런던으로 파견 갈 일이 있는데 친구가 된 기념으

로 맥주라도 사겠다며. 나는 언제든지 환영이라고 했고 우린 그렇게 헤어졌다. 그 뒤로 서로 연락을 주고받은 적은 없었다. 영화나 소설 속 흔한 장면을 기대했던 것일까. 약간의 실망은 있었지만 이내 나는 런던 생활에 푹 빠졌고 그와의 만남은 서서히 잊히는 듯했다.

그러던 8월 어느 날. 안부가 궁금했던 그로부터 메시지가 왔다.

"잘 지내니? 아직 런던에 있는 거니? 한국엔 언제 돌아가니? 연락이 너무 늦어서 미안해. 그동안 말 못할 많은 일들이 있었어. 9월에 잠깐 런던에 가려고 하는데 만날 수 있을까?"

그때까지만 해도 그를 다시 만난다는 것에 대한 기대라든지 설렘이라는 것은 없었다. 9월은 이제 귀국을 한 달 정도 남겨놓고 이곳에서의 생활을 하나 둘 정리하기에도 바빴고, 영어 실력을 검증해보고자 신청했던 캠브리지 시험공부에, 내가 기대하던 예술대학에서의 쇼트코스가 드디어 시작되었기 때문에.

어쨌든 약속했던 그날이 되었고, 플랏 메이트가 추천해준 식당 앞에 먼저 도착해 있었던 나는, 단번에 저 멀리서 걸어오는 그의 모습을 알아볼 수 있었다. 서로 수줍게 인사를 나누고 밀린 이야기들을 풀어냈다. 놀랍게도 그는 런던 방문이 처음이었다.

그는 서울에서 돌아오자마자 축구를 하다가 다리를 다쳤고 그 바람에 장기 병가를 냈다고 한다. 홍콩 출장이며 런던 출장이며 줄줄이 취소되었다. 병가가 길었던지라 여름휴가를 갈 수 없었고 9월이 되어서야 주말부터 월요일까지 잠깐의 연가를 낼 수 있게 된 것이었다. 나와 했던 약속이 있기에 뒤늦게라도 온 것이라고 했다. 그렇게 우리는 삼일 동안 런던 곳곳을 누비며 데이트 아닌 데이트를 했다. 그 시간들은 내가 런던에 올 때 생각하지도 못했던 '사건'들이었다.

아무 말 없이 템즈 강 풍경을 바라보다 갑자기 "나는 당신이 좋아."라고 말하던 그에게 놀라서 아무 말도 할 수 없었던 나. 자신을 잊지 않아줘서 고맙고, 나에 대해 많은 것을 이야기해줘서 고마웠다고 이야기하던 그.

휴가가 아니라 나를 보기 위해서 런던에 온 것이라며 10월에 한국 돌아가기 전 베를린에 한 번 와주면 좋겠다고 말하는 그에게 꼭 베를린에 가겠노라 약속했다. 하지만 고민은 그때부터 시작되었다.

한바탕의 꿈같던 시간에서 깨어나 보니 불안과 현실이 동시에 나를 흔들기 시작했다. 남들이 보기엔 간단했다. 그냥 베를린에 가면 되는 것이었다. 하지만 나에겐 그리 쉬운 문제가 아니었다.

첫 번째는 나의 트라우마와도 같은 남자에 대한 기억들일 것이다. 나는 사랑받으면 안 되는 사람인 줄 알았다. 믿었던 가족마저 깨져버린 지 오래였고, 내가 하는 연애는 모두 내가 진심을 다해서 사랑했지만 줄줄이 실패였다. 양다리를 걸치고 있었다거나 내가 너무 과분해서 떠난다는 말도 안 되는 변명을 하거나, 바람을 피우거나 등이었다. 아이러니하게도 그들은 지금 다들 가정을 꾸리고 아이도 낳고 나름의 삶을 살고 있다.

그 기억들은 결혼보다는 혼자 살기를 선택하게 된 나의 가치관에 적지 않은 영향을 미쳤다. 그래서인지 로맨스 소설과 영화, 드라마 그리고 그런 류의 글도 끔찍이 싫어한다.

개인적인 꿈이라든지 도전에 있어서는 실패할 수도 있다며 망설임 없이 일단 시작하고 보는 무시무시한 추진력을 가진 나지만, 특히 연애 그리고 사랑에 있어서는 헤어짐이 두려워서 상처 받는 것이 너무 두려워서 시작하는 것조차 싫었다.

그래서 이 독일 남자도 지금은 좋다고 하지만 장거리 연애는 안 된다든지, 진지하게 잘해볼 생각은 없다든지라는 말을 듣게 될까 봐 두려웠다. 한마디로 이제 막 시작하려고 하는 연애의 시점에서 나는 끝을 먼저 확인하고 있었다.

두 번째는 런던에서 남은 시간도 충분하지 않다는 것이었다. 이제 한 달 남짓 남은 이곳의 생활인데, 런던에서 추억을 더 만들어도 모자랄 지경인데 내가 베를린에 갈 수 있는 돈도 넉넉지 않을뿐더러 시간과 돈을 투자하고 갔는데 내가 생각했던 결과가 아니라면 그땐 돈도 시간도 너무 아까울 것 같았다.

가장 친한 친구였던 브라질 친구 부부에게 주말 동안 있었던 일과 고민을 털어놓았다. 물론 그들은 내가 어떤 연애를 해왔는지도 나의 부모가 어떠했는지도 충분히 알고 있었다. 그럼에도 불구하고 그들의 대답은 너무나도 당연하다는 듯이 "You have to go. Take a risky. This is life."였다.

어떻게 위험을 감수하지 않고 행복하기를 바라느냐고. 사랑을 찾아 떠났을 때 원하는 것을 찾았다면 나의 행복이고, 원하는 것을 찾지 못하고 불행해졌다 해도 그 또한 나의 행복이라며 모든 것이 다 나를 위한 것이라 했다.

덧붙여 내가 그동안 연애에 있어서 많은 실망을 했지만, 이 남자는 다를 수 있고, 다르다고 생각한다며 충분히 갈 가치가 있다고 했다. 이미 나에게 모든 마음을 표현했고, 베를린에 가본 적이 없으니 여행 간다는 마음으로 겸사겸사 가보는 게 맞다고 생각한다고 말이다.

그렇게 친구들과 베를린에 갈 것인가 말 것인가에 대한 열띤 토론을 마치고 집으로 돌아오니 플랏 메이트가 퇴근하고 집에 와있다. 나의 표정을 읽은 그녀는 함께 산책을 가자고 했다. 우리가 좋아하는 거리를 거닐면서 그녀가 조심스레 말을 꺼냈다.

"언니는 다 비우고 산다고 하는데 결국엔 모든 것에 대해서 압박을 느끼고 사는 거 같아요. 운동도, 공부도, 가족도, 사랑도 그렇게 다 책임지려 하고, 결과에 대해서 걱정하는 게 압박을 받고 있다는 거거든요. 그러니까 언니. 사랑도 언니가 이러이러해서 이러이러한 문제가 있다고 상대방한테 솔직하게 털어놓는 게 어때요? 다른 사람들한테 말해봤자 해결책 없어요. 그저 우리는 위로의 말밖에 해줄 수가 없어요. 그러다가 또 사랑이 흐지부지 끝날 거고 또 그렇게 언니가 해왔던 대로 모든 사람들이 언니 곁을 떠나가는 그 결과의 반복일 거예요. 그러니까 이제는 그냥 다 참고 안고 가지 말고, 혼자만

의 문제라고만 생각하지 말고 솔직하게 언니 감정을 이야기해요. 미리부터 결론 내리려 하지 말고요. 그냥 그 사랑하는 감정, 두근거리는 감정을 즐겨요. 언니는 그게 필요해요. 왜 처음부터 겁먹고 포기를 해요. 실망은 어쩔 수 없는 거예요. 그건 기대치 높은 우리 성격 탓이니까."

그리하여 나는 일주일간의 고민 끝에 그에게 내가 가진 고민을 이야기했고, 그로부터 예상 밖의 답장을 받았다. 그 역시 런던에 오기 전까지 자신에게 무엇을 원하는지 끊임없이 질문했다고 한다. 결론은 일단 자신의 마음을 전하기 위해 런던에 가는 것이었다고.

그렇기에 런던에 온 것도, 런던에서 표현했던 그의 모든 마음이 진심이었고, 내가 충분히 이해하고 받아들였다고 생각했는데 자신의 진심이 허투가 된 거 같아 적잖이 상처를 받은 모양이었다. 그리고 앞으로의 일들이 두렵다면 베를린에 오지 않아도 된다는 말까지 듣고 말았다. 한 대 얻어맞은 기분이었다. 그리고 또 내 손으로 결국 끝을 보고 말았다는 후회까지 밀려왔다.

그를 런던에서 만난 첫날. 내가 살아온 이야기를 들려주었을 때 시무룩해진 나를 조용히 안아주던 순간을 잊지 못한다. 그 어떤 남자도 나의 이야기를 공감은 해주었지만 이해해주진 못했다. 하지만 그는 자신이 아주 어릴 때 나와 같은 일을 겪었고 그렇게 강하게 커왔기에 이해할 수 있다고 "힘들었지"라며 나를 토닥여 주었다.

나도 행복해지고 싶었는지도 모르겠다. 내 인생에서 스스로 무엇인가를 성취해서 얻는 행복도 좋지만, 평생 내 편이 될 수 있는 사람에게서 사랑받는 여자가 되고 싶었다. 혼자 살고 싶다고 이야기하는 것은 어쩌면 오랜 상처에 대한 변명일지도. 결국 나도 이런 감정에 설레는 평범한 여자이고 외로운 사람이라는 것이었다.

집주인 언니가 그러더라. 혼자 있는 자유와 나를 위한 시간이 생기면 자연스레 누군가를 만나고 싶어지고, 결혼도 하고 싶어지고, 아이를 낳고 평범한 가정을 꾸리며 살고 싶어질 거라고. 그러니까 헤어짐을 두려워하지 말고, 마음이 가는 대로 행동하고, 나도 행복해야 할 가치가 있는 사람인 걸 잊지 말라고.

결국 과거에 속박되어 있었던 것도, 피해의식에서 벗어나지 못했던 것도, 스스로의 의지였다. 새로운 사람이 다가와도 두근거림과 설렘보다는 그와의 이야기 제일 마지막 장을 먼저 생각하며, 그것이 현실이 될까 봐 두려워서 시작도 해보지 않고 밀어내 버리고 마음의 문을 닫아버린 것도 나였다.

내가 런던에 온 가장 결정적인 이유는 더 이상 인생에 후회를 남기고 싶지 않아서였다. 후회 없이 하고 싶은 거 다 해보고 한국으로 돌아가는 것이 목표였다. 도전하기 위해 온 것이고 새로운 것을 찾기 위해 온 것이니까.

그러니 사랑도 내가 이곳에서 할 수 있는 것이면 이곳에서만 할 수 있는 것이면 최선을 다 해봐야만 했다. 만약 그것이 기대와 달리 실망을 안겨주더라도 이곳에서의 추억으로 남기면 그만이었고, 그

또한 이곳이었기에 낭만적일 수도 있는 것이니까. 나를 위해서 살고 싶다면 내가 변해야만 했다. 사랑받고 싶다면 내가 먼저 그 오래된 상처와 불신에서 벗어나야만 했다. 그렇지 않으면 평생 그 상처 속에서 고통 받을 것이라는 것도. 진작에 알았다면 어렵게 감정 소모 안 하고 먼 길을 둘러서 여기까지 오지 않았을 텐데. 어쩌면 스스로 깨닫기 위해서 일이 꼬여버린 것일지도 모르겠다.

노래 부르는 걸 좋아해서 서울에서 혼자 갔던 코인 노래방이 제일 재미있었다는 남자. 엔지니어라서 런던의 수많은 마켓과 관광명소보다는 과학박물관에 더 흥미를 가지던 남자. 춤추는 걸 좋아해서 내 손을 잡아끌고 베를린 한복판에서 춤을 춘 남자. 지하철역 가파른 계단 앞에서 유모차와 씨름하고 있는 부인에게 먼저 다가가 도움이 필요한지 묻던 남자.

내가 당신의 기쁨이냐는 질문에 함께 하면 웃음 짓게 하는 기쁨이자 떠나보내야만 하는 슬픔이라고 사실대로 말하는, 마음에 없는 소리는 못하던 남자. 나의 런던 생활 한 페이지의 아름다운 추억이 된 그 독일 남자.

귀국이 2주밖에 남지 않았던 10월의 어느 날. 새벽 첫 비행기를 타고 내린 공항에 그가 있었다. 노란색과 주황색의 단풍이 가득한 가을이 한창이던 베를린에서의 하루. 절대 후회하지 않을 선택이었고, 마침내 나는 내가 만들어낸 오래된 불신의 감옥으로부터 해방되었다.

이기적인
딸

　　런던에서 바쁘기로 유명한 역으로 손에 꼽
히는 워털루 역. 지하철역과 기차역이 함께 있고, 더불어 런던 곳곳
으로 뻗어가는 버스 정류장도 여러 곳이 있어서 아침이면 출근하는
사람들, 학생들, 여행자들로 인산인해를 이룬다.

　사람들이 많아서, 매일 바빠서 나는 이 역이 좋았다. 이 사람들 사
이에 나도 역동적으로 살아 움직이고 있다는 기분이 들었기 때문이
다. 그래서 일부러 집으로 오는 길에 역사를 통과해서 오기도 하고,
역사 한쪽 편에 우두커니 앉아서 사람들이 지나다니는 모습을 관찰
하기도 했다.

　매일 아침 이곳에선 다양한 인종의 사람들 말고도 빨간색 조끼를

입고 신문을 한 아름 안고 서 있는 사람도 볼 수 있다. 무료 신문을 나눠주는 아주머니 혹은 아저씨인데 영어 공부를 한답시고 매일매일 신문을 받아가는 일이 학교 가는 길목의 필수 코스가 되었다.

여느 때처럼 신문을 받아 들고 기계적으로 "Thank you"라고 인사하곤 발걸음을 재촉했다. 그런데 등 뒤에서 "Have a nice day"라는 인사가 들렸다. 아주머니가 손을 흔들며 활짝 웃고 계셨다. 나도 똑같이 좋은 하루가 되라며 손을 흔들며 기분 좋게 웃었다.

"좋은 하루 돼!"라는 말. 사무실에서 전화 친절 교육을 할 때면 꼭 끝인사로 붙이라고 했던 말이지만 가뜩이나 경상도 애교 없는 여자에게 그 말은 차마 어색해서 입 밖으로 꺼내기 힘든 말이었다. 하지만 이곳에서는 그 말이 입에 착착 감길 정도로 자주 하는 인사였다. 친구들에게도, 길에서 오늘 처음 만난 사람에게도, 슈퍼마켓 점원에게도 그 좋은 하루 되라는 인사를 쉽게 건넸다. 말의 힘이라고 할까. 그 인사를 하고 나면, 혹은 그 인사를 받고 나면 정말 마법처럼 기분이 좋아졌고, 하루 종일 좋은 일들이 가득 생길 것만 같았다.

그러다 문득 오늘따라 한국에 있는 우리 엄마는 좋은 하루를 보내고 있는지 궁금해졌다. 이곳에 오고 나서 엄마와 연락을 거의 끊다시피 살았다. 굳이 그곳의 소식이 궁금하지 않았고, 굳이 가족과 연결되고 싶지 않았다. 정착 초반에는 엄마가 먼저 문자도 보내고, 전화를 하셨지만 그때마다 나는 무뚝뚝하게 귀찮아하며 단답형 답장을 하거나 급하게 전화를 끊었다. 내가 먼저 연락을 하는 일도 없었다. 시간이 지나면서 엄마가 먼저 연락하는 횟수도 줄어들었고, 서로 무소식이 희소식이겠거니 생각하게 되었다.

그날 오후, 메일을 열어보니 며칠 전 사무실에 요청했던 복직 신청서가 도착해 있었다. 뚝딱뚝딱 몇 자 적고 발송을 하고 나니, 매일같이 보던 이 풍경들이 곧 눈앞에서 사라지는 순간이 온다는 게 실감이 나지 않았다. 서러움에 혼자 펑펑 울다가 엄마가 그리워졌다. 엄마에게 전화를 걸었다. 한국은 지금 밤 11시. 잠에서 깬 듯한 엄마가 전화를 받았다. "여보세요."라는 엄마 목소리에 더 서러워졌다. 엄마는 나에게 왜 울고 있냐고 물었다.

한국에서 다시 마주해야 할 현실들에 대한 두려움, 이곳에서 정말 하루하루를 열심히 살았는데 서서히 잊힐 이 시간들에 대한 억울함. 있는 그대로의 나를 알아봐주는 사람들과 이 도시의 긍정적인 에너지. 이곳에서 찾은 나의 새로운 모습과 또 다른 꿈들이 돌아가면 순식간에 사라져버릴 것만 같은 불안함. 이 실체 없는 무엇인가를 스스로 어찌할 수 없어서 그저 시간이 흘러가는 것을 받아들일 수밖에 없어서 어떻게 해야 할지 모르겠다고 했다.

그리고 왜 내가 이십 대에 모든 것을 혼자 짊어지려고 했는지, 독하게 살지 않아도 엄마한테는 조금은 이야기하고 살 수 있었을 텐데 왜 그러지 못 했는지도. 혼자 그렇게 독하게 살다 보니 혼자라도 못할 것이 없다고 믿었고, 그래서 언제부터인가는 눈물도 참고 살았다. 그러다 보니 눈물을 흘리는 일도 없어졌는데, 이곳에서는 사소한 것에도 감동받고 울다 보니 내가 참 외로운 사람이었다는 것을 알게 되었다고 말했다.

뿐만 아니라 내가 태어나고 자라고 공부하고 일하고 있는 한국에서 나의 본 모습을 누구에게도 보여준 적이 없었던 것 같다고 했다. 가족은 물론 친구들에게도, 사회에서도 그 누구도 그렇게 하라고 한 적이 없었지만 너무 일찍 철이 들어버린 내가 아쉽고, 내가 만든 껍데기에 스스로 갇혀서 늘 가족 탓, 주변 탓만 했다. 한국엔 나를 이해해주는 사람이 없다고, 내 편이 없다고 생각하던 내가 너무 못나 보이고, 왜 그렇게 속 좁은 사람처럼 살았는지 후회된다고도 했다.

한참을 듣고만 계시던 엄마는 겨우 말문을 여셨다. 미안하다고 하셨다. 엄마가 먼저 손을 내밀었어야 했는데, 우리가 지난날엔 어떻게든 살아내 보려고, 먹고사는 것 하나만 보고 살다 보니 그렇게 기본적인 서로에 대한 관심이 소홀해진 것 같다고 하셨다. 이제는 무엇이 문제였는지 알게 되었으니, 이십 대에 잘못된 것들을 삼십 대에는 반복하지 않고 살면 되는 거라고 하셨다. 그리고 다시 화목한 가정을 만들어보자고. 한국에서의 삶이, 나의 이십 대가 비록 나를 독한 사람으로 만들었지만, 여전히 내 주변에 좋은 사람들이 많다는 것도 잊지 말라고도 하셨다.

엄마도 나도 서로 평생 동안 한 번도 나눠본 적 없었던 진심 어린 대화였다. 엄마에게 나의 고민과 걱정을 이야기하고 있는 것은 기적이었고 엄청난 변화였다. 늘 강한 장녀여야만 했다. 아니 스스로 그

래야 한다고 생각했다. 엄마에게 약한 모습을 보여주면 엄마가 속상해할 거라고 생각했다. 사회생활이 생각과 다르고, 힘들다고 말하고 싶었지만 그렇게 할 수 없었다. 하지만 나는 여전히 엄마라는 든든한 기둥이 필요했고, 엄마에겐 바깥에 내어놓으면 불안한 마냥 어린 딸이었다.

내가 엄마를 끔찍이도 생각하게 된 것은 고등학교 일학년 때 외할머니가 돌아가시면서였다. 당시 세상에서 가장 강한 사람이라 생각했던 엄마가 며칠 동안을 외할머니의 영정사진 앞에서 식음을 전폐하고 목이 쉬도록 울기만 하시던 모습에 적잖은 충격을 받았다. 그리고 나중에 내가 우리 엄마의 영정사진 앞에 앉게 되었을 때, 후회 없이 효도했다고 말할 수 있는 딸이 되어야겠다고 생각했다.

엄마와 가장 추억을 많이 쌓은 시간이자 내가 생각했던 효도를 실천했던 시기는 막 법원의 이혼 판결이 떨어지고 동생이 집으로 돌아오기 전이었던 것 같다. 가족이라고 말할 수 있는 건 엄마와 나뿐이었고, 바닥부터 시작하면서 의지할 곳도 서로뿐이었다.

평일엔 돈 버느라 얼굴 맞대고 밥 먹을 시간이 없었지만, 주말엔 늘 엄마를 위해 근사한 요리를 만들어 함께 먹었다. 여름이면 수국을 보러 가고, 가을이면 기차 타고 코스모스를 보러 갔다. 형편이 여의치 않을 시절엔 둘이서 국내 여행을 자주 다녔다. 디저트를 좋아하시는 엄마라서 분위기 좋은 디저트 카페를 함께 찾아다니기도 했다. 돈 많이 벌어서 명품 가방 사드리겠던 약속도 지켰고, 20년이 넘게 엄마의 발이 되어준 낡은 자동차도 바꿔 드렸다.

이혼으로 친척들과의 연도 다 끊어졌으니 명절에는 엄마와 나 둘이서 먹고 싶은 음식 해먹고, 집에서 빈둥거리곤 했다. 점차 살림살이가 나아지면서 명절은 비행기를 타고 엄마와 여행 가는 기간이 되었다. 우리 가족이 처음 비행기를 타고 떠났던 제주도를 20년 만에 엄마와 둘이서 여행했고, 엄마의 평생 소원이었던 스위스 여행의 꿈을 이뤄드리기도 했다. 스위스에서 돌아오면서 엄마가 그러셨다. "그래도 우리 딸은 엄마가 살았을 때 여행 많이 다녀서, 엄마 죽고 나서도 후회는 안 할 거야."라고.

여행 전날 내가 장염에 걸려 우여곡절 끝에 마무리되었던 바르셀로나 여행은 쉴 새 없이 화장실을 들락거리던 나와 가우디의 건축물을 함께 추억하신다. 늘 함께하는 시간을 사진으로 남겼고, 평생 엄마와 함께 찍은 사진을 그 시절에 다 찍었다고 해도 과언이 아니었다. 지금은 그때와 비교하면 모든 상황이 비교할 수 없을 정도로 나아졌지만, 오히려 엄마와 함께 보내는 시간은 적어졌고, 마지막으로 함께 여행을 간 것이, 함께 사진을 찍은 것이 언제인지 까마득하고 서로 소홀해진 것도 사실이다.

가끔 어학원에서 만난 한국인 동생들이 엄마가 런던에 여행을 왔다며, 함께 런던과 가까운 유럽을 여행하고 와서는 잔뜩 자랑을 늘어놓기도 했다. 그에 반해 우리 엄마는 내가 비행기 표를 사서 모시지 않는 이상 올 수 없었다. 뿐만 아니라 나는 런던에서 누구에게도 방해받고 싶지 않았고, 모든 돈을 오롯이 나를 위해서만 쓰고 싶었다. 그래서 엄마가 내심 런던이 궁금하다고 이야기할 때마다 애써 모른 척하거나, 정 오시고 싶거든 엄마 돈으로 표 사서 오라는 말을 진심 어린 농담으로 이야기했다. 동생들의 SNS에서 엄마와의 여행 사진을 볼 때면 나는 불효를 저지르고 있는 게 아닌지, 너무 이기적인 것인지 스스로 자책하며 죄책감에 시달리기도 했다.

가까이 있기에 늘 그곳에 있을 것만 같아서 소중함을 모르는 존재, 엄마. 한국에 돌아가면 다시 잘해드려야겠다. 여전히 서로 바쁘지만 예전처럼 여행도 가고, 맛있는 것도 먹고, 좋은 하루 되라는 말도, 힘내라는 말도, 사랑한다는 말도 자주 할 수 있는 조금 더 살가운 딸이 되어야지. 그리고 언젠가 꼭 엄마에게도 딸의 추억이 고스란히 남아 있는 런던을 보여드려야지. 이곳에서의 시간이 다시 돌아오지 않을 것 같아 소중하듯, 엄마와의 시간도 그럴 테니까.

런던에서
얻은 것

　　　　　　　런던에 올 때 가져온 신발은 운동화 두 켤
레가 고작이었다. 그중 가장 즐겨 신던 운동화는 연분홍색 운동화.
여행을 떠날 때마다 신던 운동화였다. 2016년 첫 런던 여행을 준비
하면서 설레는 마음으로 고르고 골랐던 운동화.

　운동화는 나를 런던으로 데려다주었고, 다시 런던으로 돌아오게
할 꿈을 꾸게 해주었고, 꼭 다시 런던으로 돌아오게 해주겠노라 약
속해주었다. 그다음 해에 이 분홍 운동화와 함께 6개월짜리 런던살
이를 위해 비행기에 올랐고, 운동화는 약속을 지켰다.

　이곳에서도 운동화는 늘 나와 함께 했다. 학교에 갈 때도, 시내 구
석구석을 누빌 때도, 마트에 갈 때도, 운동화는 런던 생활의 모든 순

간을 나와 함께 했다. 그러던 어느 날 운동화 양쪽 밑창이 완전히 떨어져 입을 벌린 채 나에게 작별 인사를 고했다. 이곳에서 100일째를 맞이할 때쯤 내가 새로운 삶의 방향을 찾았을 때쯤, 운동화는 자신의 몫과 할 일을 다 했다는 듯이 그렇게 나의 곁을 떠났다.

그동안의 시간을 돌이켜봤을 때 재미있는 것 중 하나는 한식을 전혀 먹지 않았다는 것이다. 사실 생각나지도 그립지도 않았다. 원래 빵을 좋아하거니와 여행을 다닐 때도 현지 음식을 즐겨 먹었고 한국 음식은 챙겨 다니지 않았다. 물론 런던에 올 때도 한국 음식은 하나도 가져오지 않았다. 그 좋아하던 매콤한 음식마저 생각나지 않았다.

이곳에서는 장바구니 물가가 외식 물가보다 확실히 저렴했고, 한국에서는 비싸서 즐겨 먹지 못하는 식재료도 매일 같이 먹을 수 있었기 때문에 마트에 갈 때마다 나의 고민은 '이 많은 식재료로 과연 한 번씩 다 요리를 해보고 떠날 수 있을까?'였다.

냉장고를 열어봐도 플랫 메이트와 집주인 언니의 식재료와 나의 식재료는 확연히 차이가 났다. 그리고 우리 집에서 나만큼 부지런히 먹는 사람도 없었다. 모두가 비몽사몽으로 아침밥을 거르고 출근할 때 나는 항상 일찍 일어나서 분주하게 주방에서 요리를 했고 늘 아침밥을 먹고 학교에 갔다. 덕분에 나의 요리 실력은 하루가 다르게 늘었고, 8년 차 런더너인 집주인 언니도 인정한 런던이 체질인 사람이 되었다. 귀국할 때까지 그 맛없다는 영국 음식을 너무나도 맛있게 즐겼다. 사실 지금도 영국 음식이 맛없다는 글을 보면 괜스레 씁쓸해진다.

한국에서 막연하게 어학연수를 꿈꾸기 시작할 때쯤, 거의 2년 동안 출근 전 1시간, 퇴근 후 꼬박꼬박 2시간씩 영어 공부를 했고, 주말에도 책상 앞에 앉아 대부분의 시간을 보냈다. 어학연수생의 필독서라는 《Grammar in use》가 닳도록 스무 번은 족히 넘게 보았다. 아침마다 BBC 뉴스를 듣고, 영어 몇 마디 해볼 거라며 전화 영어며, 외국인 친구들이 모여 있는 동호회를 나가보기도 하고, 나의 업무에는 전혀 필요 없는 영어인데, 사서 고생한다는 생각이 들 정도로 열심히 공부했다.

다행히 그 시간들은 헛되지 않았고, 어학원에서 13주 만에 두 개의 레벨을 업그레이드하고, 마침내 Advanced level로 졸업할 수 있었다. 처음 런던에 올 땐 막연하게 최고 레벨로 졸업할 수 있을지 스스로도 의문이었다. 하지만 담당 선생님과 학생 매니저로부터 내가 충분히 레벨 변경 자격이 된다며 목표했던 레벨이 적힌 새로운 시간표를 받아 들었을 땐 인정받았다는 것과 스스로 목표를 이뤘다는 것에 굉장히 뿌듯했다.

어학원 졸업 후 대학교로 옮겨서도 별다른 어려움 없이 인터뷰 시험을 통과하고 동일 레벨을 유지할 수 있었다. 런던 생활 막바지에 객관적으로 영어 실력을 검증해보고자 응시했던 캠브리지 시험에서도 예상 밖의 성적을 거두었다.

매일매일 어학원 가는 날이 기다려졌고, 수업도 과제도 너무 즐거웠다. 런던 구석구석을 돌아다니면서 온몸으로 보고 듣고, 친구들과 어쭙잖게 주고받던 몇 마디 영어들도 살아 있는 공부였다.

정말로 하고 싶었던 공부였기에 찾아서 스스로 하게 되었고, 더 깊이 파고들었고, 무엇보다 즐기면서 할 수 있었다. 이래서 일이든 공부든 즐기면서 하는 자를 이기지 못하는가 보다.

어학원에서 주로 교류하던 친구들은 이십 대 초중반의 한창 열정 넘치는 동생들이 대부분이었던지라 우리의 대화 주제는 어떻게 영어 실력을 늘릴 것인지와 장래 진로와 직업에 대한 비전을 고민하는 것 등이었다. 동생들과 이야기할 때면 대학생으로 돌아간 기분이 들었다. 나는 당장 영어가 취업을 위해 필요한 것도 아닌데, 멀쩡한 직장을 가지고 있음에도 동생들과 이야기를 할 때면 덩달아 심각하게 앞으로 어떻게 살아야 할지 고민했다.

하루 종일 놀기만 했던 날이면 공부를 하지 않은 것에 죄책감이 들기도 하고, 공부를 해야 한다는 강박에 시달리기도 했다. 어찌 보면 그들이 내 곁에 있었기에 다양한 가치관을 공유하고 새로운 트렌드와 아이디어를 배우기도 하고, 그들의 고민을 상담해주면서 결국 내가 가진 고민에 대한 답을 찾아가기도 했는지 모르겠다.

가을에 접어들면서 시작한 런던 예술대학에서의 쇼트 코스는 꿈에 그리던, 내가 상상하던 그대로의, 외국에서의 대학 캠퍼스 생활이었다. 나의 전공, 직업과는 전혀 관련 없는 분야였던 광고와 홍

보. 언제부터인가 내가 여기에 관심 있다는 것을 알게 되었고, 한번 배워보고 싶다는 생각이 들었다. 원래 전공은 행정학이었던지라 대학 때도 뭔가 활동적인 프로젝트라든지, 성취감 있는 그런 활동은 별로 없었다. 그랬기에 이곳에서 배우는 새로운 분야는 말 그대로 신세계였다. 창의성을 요구하는 분야였기 때문에 친구들의 색다른 발상을 보며 감탄하고, 늘 정해진 틀과 주어진 명령대로 행해지는 업무에 익숙해진 내 머리에서도 아이디어가 떠오른다는 것이 신기하기만 했다.

나의 의견이 프로젝트에 반영되고, 직접 프로젝트 수행을 위해 바깥으로 나가 학생들과 일반인들을 인터뷰하고, 포트폴리오를 만들고, 하나씩 차근차근 팀원들과 방향을 잡아가며 완성한 프로젝트까지, 모든 것이 새로웠고 신선했다.

아침부터 오후까지 수업을 하고도 집에 가는 게 싫어서 도서관에 남아 세상 처음 보는 매거진이며, 아주 오래된 자료들을 넘겨보고, 외국인 친구들은 어떻게 공부하는지 관찰해보고, 해가 지면 집으로 돌아가 침대에 누워 빨리 내일 수업이 오길 기대했다.

이곳에서 나를 처음 만난 사람들은 나의 직업이 공무원이라고 이야기하면 전혀 어울리지 않는다며 놀라곤 했다. 나의 취미와 성격 그리고 내가 하고 싶은 일과 관계된 쪽의 직업을 가지고 있을 것이라 생각했다고 말이다.

그리고 이성적이라기보다는 감성적인 나의 본모습을, 눈물도 많고 정이 많은 걸 알아주는 사람들, 있는 그대로의 나로 봐주는 사람들이 많았다. 한국에서는 나를 피도 눈물도 없는 냉정한 사람이라고 생각하는 이들이 많은데 말이다.

내가 매일 같은 옷을 입든, 색이 요란한 옷을 입든, 노출이 많은 옷을 입든, 머리를 감지 않든, 다 떨어진 신발을 신든, 내가 무엇을 하든 아무도 신경 쓰지 않았다. 있는 그대로의 나를 알아봐 주는 곳이기에 좋은 점도 있었지만, 모든 것을 혼자서 척척 해내야 하는 이곳에서 정이라든지, 지인 찬스라든지, 어중간한 애교와 칭얼거림으로 해결되는 것은 거의 없었다.

내 입장을 제때 말하지 않고 남이 알아주길 바라는 건 있을 수 없는 일이었고, 안 되는 것은 말 그대로 안 되는 것이었다. 부당한 것은 왜 부당한지, 내가 필요한 것은 왜 필요한지 논리적으로 설명해야 내 권리를 찾을 수 있었다.

목소리 크다고 되는 건 없었다. 처음엔 언어가 달라 말도 제대로 통하지 않는데, 내 입장을 설명해야 한다는 것이 여간 벅차고 참 살기 쉽지 않다는 생각이 들기도 했다. 지나고 보니 한국에서 내가 얼마나 쉽게 일을 처리하고, 얼렁뚱땅 넘어가거나 좋은 게 좋다며 내 목소리를 내지 않은 일이 많았는지 알게 되었다.

누군가가 가진 재능을 알아봐주고, 그들의 재능에 성의를 표하는 것이 당연하게 여겨지는 곳. 사람의 손을 거치는 것은 꼭 그에 대한 값을 당연하게 지불하는 곳. 한국에서는 수제품, 식당 서비스, 하물

며 길 위 버스커의 공연까지. 사람의 손을 거친 것에 흥정하는 것을 당연하게 생각했는데, 이곳에서 시간을 보내보니 그것이 얼마나 부끄러운 것이었는지도 알게 되었다.

대부분이 무료인 박물관과 미술관, 그리고 거리에 넘쳐나는 아티스트들, 영국의 팝, 세계적인 뮤지컬 공연장, 매일매일 색다른 이벤트까지. 문화적으로 즐길 것이 풍부한 이곳에서 평생 살면서 접할 문화생활을 다 해보기도 했다.

덕분에 학창 시절 가장 소질이 없고 지루하다고 생각했던 음악과 미술에 내가 꽤나 흥미가 있다는 것을 알게 되었고, 작품을 감상할 줄 아는 안목도 생겼다. 런던에 오지 않았다면 평생 음악과 미술에 관한 문화생활은 나와 거리가 먼 장르라 치부하고 재미를 모르고 살아갔을지도 모르겠다.

오랜 된 것일수록 비싼 값을 지불해야 하고, 옛것을 끔찍이도 소중히 여기고 그것을 바탕으로 새로운 것을 창조해가는 이곳 사람들의 모습에서, 과거와 현재가 공존하는 이 도시의 거리에서, 나는 하루에도 수십 번씩 과거의 나를 추억하고, 현재의 나를 보고 놀라워한다.

나도 알지 못했던 장점을 알려주는 사람들을 통해 내가 꽤 괜찮은 사람이라는 용기도 얻게 되었다. 좋아하는 것이 없다고 말하던, 특별히 잘하는 게 없어서 이러한 밥벌이를 하고 있습니다 하고 말하던 나였다. 하지만 이제는 내가 뭘 좋아하는지 너무나도 잘 알아서, 하고 싶은 것이 너무 많아서 어떻게 시작해야 할지 모르겠다고 이야기한다. 하고 싶은 것 원 없이 하고 한국에 돌아가면 현실에 순응하며 살자고 오게 된 런던인데, 자꾸만 새로운 꿈들이 하루가 멀다 하고 생겨나고 없어지기를 반복했다.

어학원에서 '런던에 올 때 가지고 온 생각과 본국에 돌아갈 때 런던에서 꼭 이것만은 갖고 가고 싶은 것'에 대해 토론한 적이 있었다. 대부분 친구들의 대답은 런던에 올 때 아무 생각 없이 혹은 새롭고 재미난 일들이 일어날 것이라는 막연한 기대감을 가지고 왔다고 대답했다. 반면 런던에서 갖고 가고 싶은 것은 각자 달랐다.

러시아에서 온 A는 식당이든 펍이든 어디서든 모르는 사람들과 자연스럽게 즐기는 small talk 문화를 갖고 가고 싶다고 했다. 프랑스에서 온 나의 절친 E는 공원과 다양한 인종이 만들어내는 색다른 문화를, 나는 값싸고 다양한 식재료 천국인 슈퍼마켓을 통째로 갖고 가고 싶다고 했다.

그리고 우리들은 이곳에서 짧게는 몇 주, 길게는 3개월 등 각자 다른 기간을 머물렀음에도 불구하고, 처음 런던에 올 때 기대하고 생각했던 것 그 이상의 무언가를, 가슴 뛰게 할 무엇인가를 찾았다고 이야기했다.

국적 불문하고 우리가 정말로 갖고 돌아가고 싶은 것, 그것은 바로 나답게 무엇이든 해낼 수 있다는 '자신감'과 나도 몰랐던 나의 '가능성'이었다.

가까운
미래에
다시 만나

2016년 어느 날, 런던 동쪽에 있는 주말 마켓. 6개월간 마켓에서
함께 울고 웃으며 일했던 동료가 그녀를 꼭 안고 이야기했다.

"I hope to see you again in the near future."

(우리 가까운 미래에 꼭 다시 만나.)

그때까지만 해도 귀국에 대해 별 감흥이 없었던 그녀는 오열을
했다고. 워털루 집으로 돌아오는 길 내내 눈물범벅이었고, 집 현관
문을 열자 그 모습을 본 집주인 언니가 요리하다 말고 키친타월을
급히 들고 나와 그녀의 얼굴을 뒤덮은 눈물을 닦아주었다고 한다.

지금 내 앞에서 함께 햄버거를 먹고 있는 플랏 메이트가 담담히
뱉어내는 지난날의 이야기에 내 목구멍도 턱 하니 막혀버렸다.

"언니! 남들 이야기가 아니야. 곧 언니한테 현실이 될 일이야. 허탈감에서 회복하려면 시간 엄청 걸려."

"맞아. 집주인 언니도 그랬고, 내가 런던에서 만난 사람들도 그랬어. 보통 머문 기간의 두 배는 걸린데. 그래도 너는 이렇게 너무 가까운 미래에 다시 돌아왔잖니. 그때 그 친구들과 일도 하고 있고 말이야."

"맞아. 내가 그렇게 돌아오고 싶어 했던 런던인데, 돌아와서 다시 일상에 치이며 살다 보니 초심을 잃어가는 내가 보여. 그런데 언니를 보고 있으면 다시 마음을 잡게 돼. 언니는 그렇게 여기에서의 하루를 열심히 살고 있는데, 정작 다시 이곳에 돌아온 나는 그냥 하루가 한국에서처럼 똑같게 느껴질 때도 있어. 아니 그런 날들이 꽤 많아졌어. 정말 이곳에 돌아오려고 했던 이유를 기억하고 열심히 살자고 다짐하는데 쉽지 않은 것 같아."

시끌벅적한 동네 펍에서 길어진 진지하고도 슬픈 이야기에 결국 햄버거를 다 먹지 못했다. 가까운 미래에 다시 만나자는 말이 하루 종일 내 마음속에서, 머릿속에서 떠나지 않고 메아리처럼 울렸다.

귀국 날짜가 임박하자 한국에서 나의 안부를 묻는 연락들이 부쩍 많아졌다. 그리고 귀국 이틀 전에 복직 부서가 결정되었다는 사무실의 통보까지 받게 되자 이제 정말 돌아가야 하는구나 싶었다.

6개월 동안 옷장 속에 쌓아온 보물들을 하나둘 캐리어와 택배 상자에 담기 시작했다. 처음 런던에 올 때 가져온 짐은 백팩 하나,

기내용 캐리어 하나, 23kg 수화물 캐리어 하나가 전부였다. 처음 워털루 집에 이사 왔을 때 집주인 언니가 짐이 정말 이것뿐이냐고 물을 정도로 단출한 짐이었지만, 6개월을 사는 동안 전혀 부족함이 없었다.

하지만 6개월이 지나 이곳을 떠나려고 보니 내가 가지고 갈 짐에 비하면 캐리어가 턱없이 부족했다. 마켓에서 산 중고 찻잔, 그림들, 런던 시내 중고 책방을 모두 뒤져 찾아낸 오래된 고서들, 플랏 메이트와의 추억이 담긴 1파운드짜리 감자칩 몇 봉지, 그리고 나의 노력과 열정이 고스란히 기록된 학교 수업 자료들, 아침마다 받아 챙기던 무료 신문들, 커피 대신 이곳에서의 하루를 책임지던 홍차들까지. 남들 보기엔 참 쓸데없는 것들만 가져온다 싶겠지만, 런던을 통째로 가지고 돌아갈 수 없으니, 내 추억을 회상할 물건들이라도 잔뜩 가져가겠다는 가장 나다운 생각에 딱 어울리는 것들이었다.

귀국 전날에는 마지막으로 내가 런던에서 좋아했던 장소들을 찾아 하루 종일 걸어 다녔다. 그저 발걸음이 닿는 대로 걷다 바이올린 소리에 이끌려 런던에서 가장 좋아하는 장소인 트라팔가 스퀘어에 들어섰다. 그 연주 앞에서 발을 뗄 수 없었다. 평생 들어본 적 없는 감동적인 연주에 목이 메기 시작했다.

이제는 일상이 되어버린 이곳에서 지내온 시간들 그리고 곱씹는 것조차도 가물가물해지는 추억들. 그 모든 시간들이 짧은 연주 시간

동안 필름처럼 쉴 새 없이 돌아갔다.

일 년 전 여행으로 런던에 왔을 때, 여행 첫날 이 광장에서 바라본 아름다운 도시 풍경에 반해버렸다. 그리고 못다 이룬 공부의 꿈을 이루기 위해 가까운 미래에 다시 돌아오겠다고 스스로에게 약속했다. 그땐 이렇게 다시 돌아와서 매일매일 이 광장을 지나다니게 될 줄도 몰랐고, 지금 누리고 있는 자유를 감히 상상하지도 못했다.

내 인생에서 가장 열심히 살았던 짧으면 짧고 길면 긴 6개월이라는 시간. 봄, 여름, 가을 세 번의 계절만큼 나도 훌쩍 성장했다. 집주인 언니와 처음 만나 방을 계약하고, 런던의 골목을 걸으며 나눴던 이야기들을 기억한다. 6개월이 영어 실력을 늘리기에, 그리고 내 인생의 새로운 목표를 찾기에 너무 짧은 시간이 아닌지 궁금해 하던 나에게 당연하다는 듯이, 나라면 충분히 모든 것을 이루고 돌아갈 것이라 확신했던 언니.

정말로 목표했던 모든 것뿐만 아니라 그 이상을 이루었다. 후회 없는 선택이었고, 시간들이었다. 조금 더 일찍 오지 못했던 것이, 더 오래 머물지 못했던 것이 아쉬울 뿐이었다. 나의 이십 대가 굴곡이 있지 않았다면 이곳에서 누렸던 모든 순간들이 안타까울 정도로 소중한 것인지 몰랐을 것이다.

물론 나는 직장을 찾으러 온 것이 아니었고, 그저 이전에 이루지 못했던 공부가 주된 목적이었으니 이곳의 치열한 경쟁사회에 깊숙이 들어가 보지는 못했다. 원래의 자리로 돌아가야만 하기에 모든 순간이 행복했다고 말하는 것일 수도 있다. 남들이 겪은 해외 생활의 현실과는 너무 다른 이야기라고도 할 수 있다.

나의 꿈이 시작되고 실현된 이 광장에 서서 또 한 번 나와의 약속을 해본다. 고마웠고, 처음 도착한 날부터 떠나는 날까지 좋은 사람들만 만나고, 좋은 일들만, 잊고 싶지 않은 순간들만 마주하게 해줘서 행복했다고. 지구 반대편에 서른 살 나의 인생 한 페이지를 남겨두고 갈 수 있어서 행운이었다고. 언젠가 내가 또다시 돌아온다면, 그땐 더 나은 사람이 되어, 내가 사랑하는 사람과 돌아오겠노라고.

다음날 아침. 플랏 메이트와 집주인 언니와 부둥켜안고 울면서도 가야만 한다는 것이 믿기지 않았다. "언니 그리고 내 동생. 고마웠어요. 정말 고마웠어요. 이 말밖에 못하겠어요."

더 많은 말을 하고 싶었지만 흐르는 눈물을 주체하지 못했다.

"이 정도 울었으면 다시 돌아오게 되어 있어. 겨울 세 번만 지나면 넌 다시 이곳에 있을 거야. 너무 슬퍼하지 마."

"언니, 울지 말고 조심히 다녀와요. 가는 게 아니라 다시 갔다 오는 거 알죠? 언니 없는 저 방이 얼마나 휑할까 생각하면 너무 슬퍼요. 하지만 곧 다시 돌아올 거니까! 서로 성장한 모습으로 다시 만나요!"

그렇게 겨우 가족들과의 작별 인사를 하고 씩씩하게 집을 걸어나와 지하철역에서 브라질 친구 부부를 기다렸다. 나를 배웅해주기

위해 공항에 함께 가겠다고 먼저 이야기해준 고마운 친구들. 잠깐 진정됐던 눈물은 친구들을 보자마자 자동으로 터져 나왔다.

"너를 위해서 작은 선물을 준비했어. 이거 기억 나? 프리카데루(브라질 디저트, 초콜릿 같은 것). 우리 이안 선생님과 함께 저녁 먹으러 갔던 식당 알지? 그때 돈 없어서 하나 사서 셋이서 나눠 먹었잖아. 한국에 돌아가서 꼭 엄마랑 나눠 먹어. 먹으면서 꼭 우리 생각해야 해 알았지? 우린 네가 많이 그리울 거야. 우린 런던에 한 달을 더 머물겠지만 네가 없는 이곳은 쓸쓸할 거야. 그래도 넌 우리의 추억 속에 항상 있을 거야. 너는 특별하고 너의 꿈을 소중히 여길 줄 아는 사람이기에 네가 꿈꾸는 모든 걸 이룰 자격이 있어. 그러니까 그 누구도 너의 꿈을 방해하게 내버려두지 마. 너는 있는 그대로 소중해. 언젠가 런던에서 꼭 다시 만나자!"

2017년 10월 27일 금요일. 런던 생활 174일째로 종료.

행복했어. 꼭 다시 만나. 내 인생에 다시없을 6개월.

2017년을 시작하던 새해에 읽은 운세에서 '지구 반대편에 당신을 향해 손을 흔들고 있는 사람이 있습니다.'라는 구절에 가슴이 뛴 적이 있었다. 그것이 런던일지, 새로 사귀게 될 친구들일지, 런던에서 만날 새로운 가족일지, 아니면 그렇게 찾던 운명 같은 남자일지, 뜻밖의 다른 무엇일지 궁금했다.

마침내 2017년 서른 살의 어느 날.

지구 반대편에서 나를 기다리고 있던 '나 자신'을 만났다.

다시
돌아온
일상

플랏 메이트 동생과 그리고 런던에 있는
친구들과 주고받았던 문자 메시지들에는 yesterday라는 글자가 선
명하게 찍혀 있었다. SNS에 올라오는 수많은 런던 사진들. 바로 내
가 어제 저곳을 걸으면서 한국으로 전화를 걸고 있었는데, 이제는
저곳에 다시 돌아갈 수 없다. 믿을 수가 없다.

귀에 들리는 나의 모국어, 6개월을 비웠음에도 변한 것 없는 내
방도 그대로. 무섭도록 익숙한 것들은 나를 안락하게 만들면서도 짜
증나게 만들었다. 눈에서 멀어지면 마음에서도 멀어진다고 했던가.

내일도 다시 볼 것만 같았던 그곳의 풍경들, 기억들, 냄새들, 생각
들이었는데. 이제는 거짓말처럼 내일도 다시 볼 수 없었고, 내 눈앞

엔 어제보다도 더 익숙한 풍경들이 매일 함께했다. 익숙함은 무섭도록 찬란했던 기억들을 덮어버렸다. 잊지 않으려고 발버둥을 쳐도 하루하루가 다르게 하나둘 잊혀져가는 것들이 나를 우울하게 괴롭게 만들었다.

내가 매일 걸어 다니던 거리들, 내가 설레던 날들이 하나둘 정말로 잊혀져갔다. 무서웠다. 눈에서 멀어지면 마음에서도 멀어져야 하는데 아이러니하게도 마음이 멀어지지 않으려고 발버둥치고 있는 이 현실이. 이것이 바로 플랏 메이트 동생과 집주인 언니가 말하던, 런던에서 만난 한국인 친구들이 말하던 상실감이었다.

귀국 3일 만에 사무실에 출근했다. 새로운 부서였지만 원래 하던 일이니 진작 이 부서에 있었던 사람처럼 빠르게 적응해나갔다. 조직은 변한 것이 없었고, 하루가 멀다 하고 일하기 싫다고 호소하는 동료 친구들도 여전했다.

플랏 메이트 동생 말대로 사람들은 6개월이라는 잣대로 나를 평가하려고 들었다. 외국에 살고 있는 자신의 친척도 영어가 어렵다는데 6개월 만에 영어가 얼마나 늘었겠냐며 비웃는 상사도 있었고, 내가 어떤 시간을 보냈는지 제대로 알지 못한 채 잘 놀고 왔냐며 인사하는 무례한 사람들도 많았다.

예전 같으면 그들의 발언에 상처 받고 의기소침해졌겠지만 이제는 그저 한귀로 듣고 흘릴 수 있었다. 오롯이 나로서 중심이 잡혀 있었고 나 스스로가 그들이 평가하는 그런 사람이 아니라는 걸 알고 있고 당당했기에. 그리고 내가 휴직을 하고 도망갔다고 소문을 내고 다닌 그분을 찾아가 그가 무례했음을 표현했다.

내가 추구하는 삶의 가치가 이제 더 이상 승진이라든지 사회생활에서의 승승장구라든지 그런 것이 아니었기에, 평생직장이라는 건 사회가 정한 분류이지 나에게는 평생직장이 아닐 수도 있다는 생각을 하게 되었기에, 나는 더 이상 예전처럼 주변의 눈치를 보지 않았다.

아닌 것은 아니라고 표현하고, 내가 할 수 없는 것은 할 수 없다고 사실대로 이야기할 수 있게 되었다. 처음부터 색안경을 끼고 나를 판단하거나, 나를 인정하지 않는 사람들에게 굳이 나를 입증해보이려고 하지도 않았다.

그들에게 노력을 쏟을 시간에 나를 알아봐주는 사람들에게 온전히 정성을 들이는 게 나았기에. 그렇게 가치관을 확고하게 적립하고 나니, 사무실 생활이 한결 편해졌고, 상처받거나 스트레스를 받는 일도 줄어들었다.

나의 일상도 출국 전으로 돌아가 아침에 일찍 일어나 한 시간 공부하고 출근하고, 퇴근하고, 집에 돌아와 운동하고, 또 공부하고 잠드는, 주말이면 집에 틀어박혀 글을 쓰며 지출을 줄이고 저축하는 집순이 생활로 다시 돌아왔다.

오래간만에 만난 친구들은 내 표정이 정말 밝아졌다고 이야기했다. 그리고 행복해 보인다고 했다. 낮엔 사무실에서 이리저리 사람

들에게 부대끼며 진심인지 아닌지 모를 웃음으로 하하 호호 하며 웃다가, 해가 지고 사무실을 나서는 순간부터 마음속으로 순식간에 밀어닥치는 어둠, 공허함, 쓸쓸함, 그리움, 슬픔과 알 수 없는 복잡한 감정들에 집으로 돌아가는 버스 안에서는 이유 없이 눈물을 줄줄 흘리곤 했다.

집에 들어오면 옷을 갈아입지도 않고 그대로 침대에 몸을 던져 한참을 울면서 누워 있으면 동생은 말없이 다가와 내 어깨를 툭툭 쳐주었다. 평소 같았으면 딸의 이런 행동을 청승맞다고 호통쳤을 엄마이지만, 이제는 서로 진심을 알기에 내가 6개월 동안 어떤 시간을 보냈는지 엄마도 잘 알기에, 그저 아무런 말없이 안쓰럽게 쳐다보시곤 했다.

그렇게 낮엔 웃고 밤엔 울고, 아침에 눈뜨면 현실이 분간이 안 가는 그런 시간들을 꽤 오랫동안 보낸 것 같다. 런던에 있을 때 내 주변의 사람들이 말하던 그 시간을 말이다. 회복하려면 런던에서 머물렀던 시간의 두 배는 걸린다는 시간을.

하지만 예전과 달라진 내가 예전과 똑같은 이곳에서 느끼는 새로운 감정들도 꽤나 많았다. 내가 지금 한국에서 누리는 것이 얼마나 소중한 것인지, 한국에서도 정말 부족함 없이 행복한 삶을 살고 있었고, 살고 있다는 것을 알게 되었다.

런던보다 쾌적하고 편리하고 저렴한 대중교통, 빠른 인터넷은 비교할 것도 없이 우리나라가 최고였다. 아프면 언제든지 병원에 가서 진료 받고, 건강보험 혜택을 받는 것도 큰 장점. 은행이며 공공기관이며 그래도 런던과 비교하면 매우 친절하고 신속한 서비스, 언제든지 편리하게 시켜 먹을 수 있는 배달음식이며, 안전한 치안까지. 여행으로 잠깐잠깐 외국에 다닐 땐 그저 외국이 마냥 좋아 보였는데, 외국 생활에서 돌아와 우리나라를 보니 정말 살기 좋은 나라라는 게 실감이 났다.

여전히 적성에 맞지 않는 직장이지만 돌아올 수 있는 직장이 있었기에 런던에서 별 걱정 없이 생활할 수 있었다는 것이 다행이었다. 꼬박꼬박 들어오는 월급 덕에 돈 걱정은 하지 않고 살 수 있으니 감사했다. 엄마가 건강하시기에 일할 수 있으시고, 활기찬 생활을 할 수 있어서서 감사했다. 가보고 싶었던 나라를 모두 여행으로 가보았기에 여한이 없고, 외국에서도 살아봤고, 하고 싶었던 공부도 했기에 여한이 없었다. 그렇게 긍정적으로 생각하며 나의 삶을 바라보니 부자는 아니지만 전혀 부족함이 없어보였다. 그래서 요즘은 나보다 어려운 사람들이 눈에 보이고 봉사를 하고 싶다는 생각도 들기 시작했다.

여전히 통장에 잔고는 부족하고, 8년의 직장생활 동안 돈을 모았다면 이미 집을 한 채 사고도 남았을 것이지만, 나의 마음속엔 돈으로 살 수 없는 평생을 간직하며 곱씹을 수 있는 추억과 경험들이 많아 든든했다.

복직을 하고 나서 첫 한 달 동안은 여기저기서 돌아와서 반갑다

며 밥을 사주겠다는 동료들이 제법 많았는데, 나를 반겨주는 사람들이 이 직장에 많다는 것에 그래도 8년 동안의 직장생활이 헛되지 않았다는 생각도 들었다. 그들을 만나서는 예전에는 하지 못했던 나의 이야기들을 풀어놓았다.

겉보기엔 아무런 풍파 없이 살아온 것처럼 보이는 나에게 숨기고 싶었던 지난 이십 대의 이야기들은 이제는 아무렇지 않게 '나 사실 이런 사람이야'라고 말할 수 있는 그저 지난날의 이야기들이자 지금의 내가 있게 된 원동력의 과거로서 이야기할 수 있게 되었다.

내가 마음을 열고 이야기하자 놀랍게도 그들도 그들이 가진 사연을 하나둘 털어놓기 시작했다. 8년이라는 시간을 가장 친한 동료라고, 동료 이상의 친구라고 여기며 지낸 서로였지만, 비슷한 가정사를 겪고, 일찍 사회생활을 시작할 수밖에 없었다는 이야기들. 결국 우린 비슷한 시간을 지나왔고, 이렇게 마주 앉아 이야기하고 있다는 것을 처음 알게 되었다.

그들은 내가 런던에 갈 수밖에 없었던 이유에 공감해주었고, 앞으로의 꿈에 대해 물어봐주기도 했다. 나를 이해해주는 사람들은 런던에만 있다고 믿었는데, 나의 상처를 스스로 치유하고 마침내 털어버렸더니 아무것도 달라진 것이 없는 이곳에서도 나를 이해해주는 사람들이 많았다.

그리고 나이에 대한 불안감이 없어졌다. 런던에 있을 때 한참 젊은 친구들과 어울리면서, 유럽식 나이인 29살로 살면서 나이를 잊고 살았다. 그런데 한국에 돌아와서도 이젠 더 이상 나이가 나의 새로운 도전에 있어서 기준이라든지 가능성이 되지 않았다.

주변 사람들이 살아가는 모습과 사회가 정한 잣대에 내 인생의 속도를 비교할 필요도 없고, 나의 속도대로 사는 게 가장 중요하다는 것을 알게 되었으니까. 내가 좋아하는 것을 시작하기에 너무 많은 나이라든지 늦은 나이라는 것은 없다고 생각하니까. 지금이라도 하지 않고 시간을 흘려보냈을 때 지금을 떠올리며 그때 시작했으면 좋았을 걸 하고 후회할 걸 아니까.

물론 한 살이라도 어리면 지식 습득력과 적응력도 훨씬 좋아서 목표에 도달하는 시간이 빨라지겠지만, 나이가 들면서 쌓이는 인생 경험과 강한 목표의식 그리고 끈기는 한 살 더 먹어가면서 얻게 되는 선물이기에, 이제는 삼십 대라는 단어도 더 이상 낯설지가 않다.

운명이라고 믿었던 독일 남자와의 인연은 더 이상 이어지지 않았다. 그는 거리의 한계를 받아들이지 못했다. 크리스마스 혹은 새해에 한국에 오겠다는 마음을 먹다가도 그는 더 이상 앞으로 나아가지 못했다. 아쉽지 않았다. 그는 나에게 예정에도 없던 추억을 만들어주었고, 내가 할 수 있었던 최선을 다했기에 후회도 없었다. 베를린에서 마지막으로 그의 얼굴을 보고 오지 않았다면 후회했을 것이다.

그때 나에게 런던에서의 시간이 조금 더 남아 있었다면, 우리가 조금 더 일찍 재회했다면 또 다른 이야기를 시작할 수 있었을까 생

각하지만, 가장 중요한 건 그 사람 덕분에 나는 다시 누군가를 사랑할 수 있게 되었다. 그 다음 만난 사랑에게 그때와 같은 실수를 반복하지 않았고, 로맨스 소설의 마지막 페이지를 먼저 펼쳐보지 않게 되었으니까.

런던을 떠날 날이 점점 다가올 때 입버릇처럼 크리스마스에 꼭 돌아오겠노라 이야기하고 다녔다. 그리하여 아껴두었던 방 보증금으로 런던 행 비행기 표를 살 수 있었고, 정말 그 해 크리스마스에 나는 다시 워털루 우리 집으로 돌아왔다.

내가 6개월 동안 살던 방은 이제 집주인 언니 부부의 드레스 룸이 되었지만, 내가 좋아했던 큰 창문은 그대로였다. 내가 잠깐 집을 떠난 두 달이 2년 같았다고 이야기했지만 이내 원래 쭉 살았던 것처럼 편해졌던 우리 집. 런던에, 내가 언제든지 찾아갈 수 있는 집이 있고, 나를 반겨주는 가족이 있다는 것만으로도 마음이 따뜻했다.

일주일 남짓의 짧은 시간이었지만 플랫 메이트와 집주인 언니와 함께 즐거운 크리스마스 연휴를 보내고, 금빛 불빛들이 반짝이고 크리스마스 캐럴과 새해 인사가 울려 퍼지는 런던의 구석구석을 누비며 지난날의 추억을 다시 한 번 회상했다. 한국으로 돌아가서 잠깐 공허해졌던 내 마음도 다독였다.

그리고 2017년 12월 31일. 전 세계 각국에서 모인 사람들과 함께 새해 카운트다운을 하고 빅벤의 종소리와 화려한 불꽃과 함께 2018년을 런던에서 맞이했다. 하나둘 하늘을 수놓은 화려한 색색의 불꽃을 보니 내가 이곳까지 걸어온 길들이, 모든 순간순간들이 빛나는 불꽃과 너무나도 닮아 있었다.

나는 늘 꿈을 꾸고 목표 만들기를 좋아했다. 집 주인 언니와 플랫메이트 동생도 말하길, 나는 동기부여가 정말 강한 사람이라고 했다. 꿈이 현실이 될 수 있음에 감사했고, 사소한 순간에도 동기부여를 하고 앞으로 나아갔다.

돌이켜보면 생각했던 것보다 더 멋진 서른, 2017년이었다. 내가 겪은 변화와 성장이 2017년 한 해에 다 일어났다는 것이 스스로도 믿기지 않았다. 이 멋진 도시에서 꿈을 이룬 것, 서른을 보내고 또 다른 새해 2018년을 이곳에서 맞이할 수 있어서 행복했다.

한때는 후회와 미련이 남는 과거가 있었고, 거기에 스스로 얽매여 현재를 제대로 보지 못하는 삶을 살았다. 하지만 그 과거로 인해 슬픔을 극복하고, 나를 사랑하는 방법을 배웠다.

나는 알고 있다. 나의 삶에서 얼마나 말도 안 되는 일이 많이 일어났으며, 앞으로도 나에게 다가올 행복이 여전히 많다는 것을. 하고 싶은 것도 많고, 가고 싶은 곳도 많고, 기회가 된다면 이 모든 것을 다 할 것이고, 정말 원하는 것은 스스로 기회를 만들며 살 것이다.

런던에서 찾아온 나의 새로운 목표들은 열심히 현재 진행 중이다. 이전처럼 금방 이룰 수 있는 것이 아닌, 몇 년은 걸릴 목표들이지만, 언젠가 모든 목표들을 이뤘을 때, 그것이 내 꿈이었다고 자신 있게 말할 수 있기를 바란다.

그렇게 2017년의 마지막 날까지 런던에서 보내고 돌아오니, 갈 피를 못 잡던 나의 마음도 이내 안정을 찾기 시작했다. 해가 바뀌어 도 런던에서 만났던 친구들과의 연락은 계속해서 이어졌다. 메신저 로 전화로 편지로. 그리고 봄에는 약속을 지키기 위해 파리로 친구 를 만나러 가기도 했다.

브라질 친구 부부는 임신 소식을 전해왔고, 플랫 메이트는 워킹 홀리데이 비자 취득에 성공해 다시 런던으로 돌아갔고, 다른 친구는 웹디자이너로서 런던의 어엿한 직장인으로 자리를 잡았다는 소식 을 전해왔다.

서른한 살의 생일 즈음에 우편함을 열어보니 런던에서 날아온 카 드가 도착해 있었다. 파리에 사는 친구 E가 런던이 너무 좋아서 그 해 여름 다시 우리가 다녔던 어학원으로 돌아갔다. 내 생일을 잊지 않았던 그녀는 내 사랑 그 선생님을 찾아가 곧 내 생일이니 한 마디 적어달라고 했더란다.

"이안한테 네 생일 축하한다고 써 달랬더니 영어도 아니고 한국어도 아닌 글자를 적어줬어. 그가 왜 그랬는지 나는 이해할 수 없어. 어쨌든 생일 축하해!"

나는 한눈에 알아볼 수 있었다. 그건 그의 제 2외국어인 스웨덴어였다. 나의 서른 살 생일에 스웨덴어로 노래를 불러주었던 선생님. 내가 그날을 특별하게 기억하듯이 그도 나를 기억하고 있다는 사실이 미소 짓게 했다.

그리고 생일날 아침. 한창 사무실에서 회의가 진행되고 있는데 영상통화가 울렸다. 브라질 친구 부부였다. "지금 회의 중이야! 나중에 전화할게!" "생일 축하한다고 말해주려고 전화했어! 생일 축하해!" 런던에서 맞이했던 서른 번째 생일도, 일 년이 지난 한국에서 맞이하는 서른한 번째 생일도, 지구 반대편 나의 소중한 인연들과 함께여서 행복했다.

공자는 서른을 이립이라고 했다. 스스로 마음이 확고한 뜻을 세우고 설 수 있는 나이. 그러니까 스스로의 뜻과 의지로 살아가는 나이라고 말이다.

서른 살의 나는 런던에서 그런 나만의 흔들리지 않는 신념을 만들어왔다. 처음부터 정해진, 좋거나 나쁜 인생은 없다. 삼십 대가 되어 내가 걸어온 길을 뒤돌아보니 약간의 후회가 있을지언정 정말 자랑스러웠다.

엄마와 함께 일궈낸 안정적인 가정, 가보고 싶었던 나라를 여행하며 만든 추억들, 길 위에서 만났던 사람들과 나눴던 삶에 대한 이야기들, 하고 싶었던 공부를 하며 맛본 성취감, 살고 싶었던 나라에서 살아보면서 만든 눈부신 순간들.

일일이 설명할 순 없지만 지난 모든 삶의 순간들이 모여 평생의 살아갈 지혜가 될 든든한 나만의 자산이 생겼다. 내가 걸어온 길을 그리고 내가 앞으로 걸어가야 할 길을 누구보다도 더 잘 알기에 나의 마음은 그 어느 때보다도 단단하고 여유가 있다.

그렇기에 이제는 삼십 대에 접어든 나의 삶이 좋다. 내가 한 번도 생각해본 적이 없었던 삶이기에, 나의 생각과 마음이 이끄는 곳으로 가고 있는 삶이기에 더욱. 내가 만나는 사람들이 국적과 인종을 초월하게 되었고, 사용하는 언어도 한 가지 늘었고, 다양한 방향으로 미래를 생각해볼 기회도 갖게 되었다. 마침내 나로서 살아가고 있는 삼십 대의 내가 사십 대가 되었을 때, 또 어떤 인생을 살고 있을지, 어떤 사람이 되어 있을지 기대하면서, 이렇게 내가 만들어가는 나의 삶이 참 좋다.

그리고 나의 꿈을 지지해주는 든든한 내 편이 생겼기에 혼자가 아닌 둘이 만들어 갈 새로운 미래도 기대가 된다. 비록 우리는 태어난 곳도, 자라난 문화도, 사용하는 언어도 다르고, 함께 넘어야 할 산들도 수없이 많지만 일단 나아가는 중이다.

2018년 여름. 나는 그의 손을 잡고 함께 런던 트라팔가 광장에 섰다. 나의 꿈이 시작된 장소에, 꼭 사랑하는 사람과 다시 돌아오겠다던 지난날의 약속처럼 말이다.

　나의 런던 이야기는 끝이 났지만, 내가 써내려 갈 또 다른 이야기가 막 시작되었다.

서른의 휴직

초판 1쇄 인쇄 2019년 8월 2일
초판 1쇄 발행 2019년 8월 9일

지은이 이지영
펴낸이 장선희

펴낸곳 서사원
출판등록 제2018-000296호
주소 서울시 마포구 월드컵북로400 문화콘텐츠센터 5층 22호
전화 02-898-8778
팩스 02-6008-1673
전자우편 seosawon@naver.com

블로그 blog.naver.com/seosawon
페이스북 www.facebook.com/seosawon
인스타그램 www.instagram.com/seosawon

홍보총괄 이영철 **마케팅** 이정태 **디자인** 별을잡는그물

ⓒ 이지영 2019

ISBN 979-11-90179-03-4 03800